LYDIA,

OU

MÉMOIRES

DE

*MILORD D***.*

TROISIEME PARTIE.

LYDIA,

OU

MÉMOIRES

DE

MILORD D***.

Imités de l'Anglois ;

PAR M. DE LA PLACE.

TROISIEME PARTIE.

A LONDRES,

Et se trouve A BRUXELLES,

Chez J. L. DE BOUBERS, Imprimeur-Libraire, Marché aux Herbes.

M. DCC. LXXII.

LYDIA,

OU

MÉMOIRES

*DE MILORD D***.*

TROISIEME PARTIE.

CHAPITRE PREMIER.

*Souper gaillard, peu flatteur pour Milord D***.*

RIEN n'est plus propre à nous jetter dans les bras de la Philosophie, que les malheurs ou les disgraces imprévues. Ce n'est pourtant alors qu'une foibleſſe & qui ne dure ſouvent qu'autant de temps qu'il en faut à notre ame ébranlée pour ſe remettre & reprendre ſon naturel.

Mon aventure, avec *Agnès*, m'avoit cruellement humilié; mais, pas autant (car, il faut être vrai) que mon rare ſuccès avec la vieille *Milady*, que je déteſtois maintenant, ſans pourtant me douter encore combien elle le méritoit.

Cependant, mon froid héroïſme, au dénouement de l'aventure, n'avoit été qu'une nouvelle illuſion de mon orgueil.

Je ne me vis pas plutôt ſeul, que lui laiſſant un libre cours, je ſoulageai mon cœur par un monologue, auſſi long qu'outrageant, contre le ſexe entier; & ſi j'en exceptai *Lydia*, c'eſt que j'étois depuis long-temps accoutumé à ne la regarder que comme un être hors de la claſſe générale......

Ces poétiques invectives & tous ces lieux communs depuis si long-temps épuisés, contre un sexe dont le pouvoir n'est jamais plus sensiblement avoué que dans nos railleries & dans nos vains épanchemens de rage, appaiserent pourtant ce grand courroux; ou, pour mieux dire, l'épuiserent. Et comme, au fond, ma passion n'avoit jamais été d'un genre à trop prendre sur mon repos; je me trouvai, le lendemain, assez calmé pour n'avoir plus d'autre chagrin, que de me trouver sans maitresse.

Ceci doit médiocrement étonner, pour peu que mon impatience naturelle, & l'empire qu'avoient sur moi les sens, n'aient point échappés au lecteur. J'aimois trop à les satisfaire, pour les punir trop long-temps d'une faute dont ils n'étoient point coupables.

J'étois donc pour moi-même un casuiste assez commode, & m'en applaudissois sincérement ; lorsque *Mervill* me proposa, pour le soir même, un souper amusant, dans l'un des plus célebres temples de Cythere. Un peu moins sûr de mon ami, j'eusse pû balancer à l'accepter : les risques évidens de ces voyages clandestins, m'avoient toujours déplû. Mais, *Mervill* étoit un pilote à qui la carte de ces mers étoit connue, & son expérience me rassuroit contre les dangers d'un pareil embarquement. Personne même, & j'en étois certain, n'avoit plus de mépris que lui pour ces licencieuses fêtes. Je lui crus donc un but, en m'y engageant, ne fût-ce que celui de me mettre à portée d'apprécier, au même taux que lui, ces especes de plaisirs.

J'acceptai donc d'autant plus aiſément, que j'étois dégagé d'*Agnès*, & que je ſouhaitois me rapprocher de mon ami.

Après la Comédie, il me conduiſit au rendez-vous; où le Duc de****, le Lord *Melton*, & *Sir Henry Burr*, nous attendoient déja. La partie avoit été faite, à propos d'une gageure qu'avoit perdue le Duc. Le lieu du payement avoit été déſigné par lui-même, & le ſoin de la fête étoit tombé en partage à *Mervill*, avec le droit d'y inviter qui il voudroit.

Le Duc de****, indépendamment des illuſtrations de ſa maiſon, étoit, quoiqu'aſſez jeune encore, aſſez ſinguliérement diſtingué dans le monde. Livré à l'avarice la plus vile, au milieu d'une fortune immenſe, il uniſſoit à ce vice honteux toute l'impertinence & l'extravagante hauteur qui dégrade si fort tant de personnes de son rang. Libertin, parce qu'il étoit jeune, une espece d'instinct qu'il eût bien voulu réprimer, le poussoit vers le sexe; mais trop peu généreux pour être délicat, celle qui lui coûtoit le moins, étoit toujours pour lui la plus aimable.

Un caractere si marqué, ne pouvoit sans doute manquer d'être bientôt connu, & d'exposer plus d'une fois sa *Grace* * à de mortifiantes avanies. Mais, si l'affront le plus humiliant lui sauvoit un écu, le Duc en étoit consolé, & rioit le soir même avec deux ou trois faquins, très-dignes d'être ses amis, de la sottise du public. C'étoit la fortune d'un Prince, jointe à l'ame d'un vil usurier.

Le *Lord Melton* contrastoit au

* C'est le titre des Pairs, en Angleterre.

mieux avec lui. A peine émancipé, depuis trois ans, par le trépas d'un pere avare; enivré du bonheur d'être aussi libre qu'opulent, & affamé de toute espece de plaisirs; le pauvre *Lord*, sans expérience & sans goût, s'étoit jetté les yeux fermés dans le torrent des voluptés les plus vulgaires. Sa personne, aussi noble qu'aimable, & sa fortune aussi solide que brillante, en proie à la voracité des femmes, & des escrocs de l'un & l'autre sexe, étoit prête à subir le même sort. Et le *Lord Melton*, à peine encore majeur, étoit, si l'on peut s'exprimer ainsi :

Moins indigent de biens, que pauvre de santé.

Quant à *Sir Henry Burr*, c'étoit un plaisant de profession, qui, après avoir follement dissipé son médiocre patrimoine, en fréquentant de jeunes gens plus opulens que lui, avoit acquis, de ces brillantes amitiés, assez d'expérience pour tirer parti du moment présent. Plus économe qu'autrefois, il vivoit aux dépens des libertins encore novices; &, par forme de représailles, il reprenoit sur les enfans ce qu'il avoit perdu jadis avec les peres. Nulle fête n'étoit complette, où *Sir Henry* manquoit. Toujours utile & célebre par-tout, les intriguantes le prônoient, les filles lui faisoient la cour, les joueurs le nourrissoient, les parasites le craignoient, & les garçons * de cabaret, quoiqu'il ne payât point, le respectoient. Il avoit pris sous sa protection le *Lord Melton*, à son entrée dans le monde, & s'étoit scrupu-

* Le cabaret est encore à-peu-près à Londres, même pour les gens du bel air, ce qu'il étoit autrefois à Paris.

leuſement attaché à ne ſouffrir la ruine de ſon pupille, qu'à condition d'en tirer amplement ſa part.

Avec un pareil perſonnage, ma fatuité décidée me ſervoit d'autant mieux, que l'inſolence & la froide hauteur dont je la décorois toujours, déconcerroient ſes vues, & me rendoient reſpectable pour lui.

C'étoit avec de tels héros, que j'étois deſtiné à faire mes premieres armes, dans un pays qui m'étoit encore inconnu. Car, quoiqu'à ma petite maiſon j'euſſe eu diverſes aventures avec maintes beautés peu ſcrupuleuſes ; nos plaiſirs avoient du moins toujours été conduits avec une ombre de décence que je ſavois être étrangere dans l'endroit où nous étions.

Je crois pouvoir paſſer légérement ſur le portrait de la Dame du lieu. Toutes ſes pareilles, dit-on, sont à-peu-près formées en même moule ; & leurs propos, aussi familiers qu'impudens, ont rarement assez de sel, pour amuser plus d'une fois. Je dirai seulement, que celle-ci me prouva dans la suite, & mieux que je ne l'eusse cru, qu'elle en savoit beaucoup plus que les autres.

Mervill, à qui l'arrangement de la partie avoit été remis, & que Sir *Henry Burr* ne regardoit qu'avec un œil jaloux, fut assez complaisant pour mettre fin aux politesse de la Dame, en la priant de nous envoyer compagnie.

L'instant après, cinq Nymphes, précédées par une espece de laquais, chargé d'une immense jatte de *Punch*, entrerent en chantant dans notre chambre, & vinrent, en sautant, nous embrasser.

Sir *Henry Burr*, alors, du conſentement de *Mervill*, reprit ſes fonctions accoutumées & nous préſenta nos Déeſſes, en nous jurant, avec beaucoup de dignité, que toutes étoient de ſa connoiſſance. Sur quoi, nouvelles embraſſades, accompagnées d'un cri de joie, dont les ſons diſcordans étoient très-dignes d'annoncer l'ouverture de cette fête.

Trop délicat, & me reſpectant trop, pour me livrer à de pareils amuſemens ; ces créatures, quoique jeunes, & preſque toutes très-jolies, loin de m'inſpirer des deſirs, excitoient ma compaſſion. Victimes nées de l'indigence, ou de l'indignité de leurs parens, je les trouvois d'autant plus à plaindre, qu'à travers les horreurs de leur état & les mépris dont tant de gens ſouvent plus mépriſables qu'elles les accablent, elles ſe voyent forcées de feindre de la gaieté pour en inſpirer à leurs tyrans.

Avec de pareils ſentimens, le choix que chacun alloit faire entre elles, pour le reſte de la ſoirée, me devenoit extrémement indifférent.

Le Duc, avec un air d'autorité, plus ridicule qu'inſultant, nomma hautement ſa Ducheſſe. Il eſt vrai, que ce n'étoit pas la plus jolie, mais probablement, la moins chere; & la triſteſſe de la fille, à ſon élection, prouva qu'elle étoit peu ſenſible à cet honneur, & qu'elle connoiſſoit ſon homme.

Le Lord *Melton*, toujours fait pour être guidé, quoiqu'il ne le fût jamais bien, n'oſa diſpoſer du mouchoir, ſans conſulter les yeux de *Sir Henry*.

Mervill, à qui je déférai l'honneur du choix, prit ſa voiſine;

après quoi, *Burr*, avec l'humilité la plus lourdement affectée, me força de choisir. Ce que je fis, sans presque y regarder, en présentant la main à la moins aimable de toutes, & en laissant à *Sir Henry* de quoi se réjouir du peu de goût qu'il me croyoit.

Tout se trouvant alors, ou du moins à-peu-près à l'unisson, nos Princesses, en affectant une gaieté très-propre à dissiper la mienne, essayerent bientôt de nous marquer un excès de tendresse dont les motifs connus avilissoient cruellement le prix.

Tout cela plut pourtant beaucoup à ces Messieurs; & je m'applaudissois, peut-être trop, d'y prendre peu de part: Car, le dégoût en pareil cas, n'est pas un grand mérite, s'il n'a d'objet de préférence que celui de la galanteterie de profession. Il est moins criminel, je crois, & souvent moins dangereux de partager les désordres d'une fille déja corrompue, que de troubler la société, en cherchant à corrompre celles qui sans nos poursuites, auroient peut-être conservé leur innocence. Le libertinage, d'ailleurs, s'il ne va point jusqu'à l'excès, prend moins de temps, & ôte moins de ressort à l'esprit, que cette fureur de conquêtes amoureuses, qui consume inutilement l'un, & retrécit l'autre, pour parvenir, avec les plus grands soins, au plus frivole des objets, par les plus petits, & souvent les plus méprisables moyens. Quant à moi, je comparerois volontiers la tête de ces *agréables*, si courus & si occupés pendant un temps, si désœuvrés quand ce temps est passés, à celle de ces automates agissans ou résonnans, qui ne sont remplis que de vent dans le moment de leur plus grande action, & restent aussi vuides qu'inanimés, quand le ressort qui les fait agir cesse de leur donner le mouvement. La fréquentation des filles livrées au public, a du moins pour objet une sorte d'amusement ; & ce n'est presque jamais qu'une fausse gloire, qui pousse les hommes à la poursuite de ce qu'on appelle les *honnêtes femmes* : parce qu'il leur paroit plus difficile & plus flatteur, de les séduire. Ainsi, l'honneur & le plaisir de ces prétendus triomphes, ne sont appréciés que par ce qui les rend plus honteux & plus coupables. Et, sans parler des débauchés crapuleux, qui ne méritent pas d'être cités ; la différence que je trouve entre le libertin & l'homme livré aux bonnes fortunes, est que le dernier, avec un peu plus de délicateſſe, a quelquefois moins de graces, ſouvent moins de mœurs, plus de frivolité & de fauſſeté, moins de connoiſſance du prix du temps, & beaucoup plus de vanité.

C'eſt, en vérité, le cas de dire, que le meilleur n'en vaut rien. Rien n'eſt excuſable, qu'une véritable paſſion; parce que, vis-à-vis de notre foibleſſe, tout excès porte ſon excuſe. Mais le nombre de ces paſſions, (ſi tant & qu'il en ſoit encore) eſt aujourd'hui ſi petit, & les inconvéniens ſi peu à craindre, par les loix rigoureuſes que le ſentiment vrai s'impoſe toujours à lui-même, que la tolérance, en ce cas, ne peut être ni un grand mal, ni un grand relâchement dans la morale.

CHAPI-

CHAPITRE II.

Suite du Souper. Reconnoissance imprévue.

CEPENDANT, notre *partie* alloit toujours son train. L'histoire de ces Dames, leurs chansons, leurs projets, leurs disputes mêmes, paroissoient amuser extrêmement les trois anciens amis de la maison; lorsque l'on vint annoncer que le souper étoit servi.

Ce moment me divertit beaucoup. J'ai déja dit que cette fête étoit le prix d'une gageure qu'avoit perdue le Duc, & dont l'arrangement avoit été remis à la discrétion du *Lord Mervill.* Je vis alors, avec plaisir, que ce dernier, qui méprisoit beaucoup l'ignoble

Duc, enchanté d'une occasion si propre à le mortifier, l'avoit saisie avec ardeur. Son goût & son imagination s'étoient épuisés pour rassembler, dans ce festin, tout ce que la saison produisoit de rare & d'exquis, les raffinemens de l'ancienne & nouvelle cuisine, les vins les plus délicieux & les plus chers; tout ce qui pouvoit, en un mot, augmenter une dépense, qui, vû ses sentimens pour le Duc, lui paroissoit ne pouvoir être poussée assez loin.

L'étonnement, & la pâleur de notre *Amphytrion*, en arrivant dans la salle à manger, m'eussent sans doute intéressé pour lui, si j'eusse été moins prévenu sur son caractere. Je craignis seulement, qu'outré du tour que lui jouoit *Mervill*, son ressentiment n'éclatât au point de devenir trop sérieux.

Mais je rendois trop peu justice à ce Seigneur. Quoique sensible, à certains égards, il étoit pacifique, & assez philosophe, quand le malheur étoit inévitable, pour en tirer du moins parti.

C'est ce qu'il prouva bientôt; car le souper n'étoit pas encore à moitié, qu'ivre de vin, & de mauvais propos, il paroissoit le plus fou de la troupe.

La bacchanale fut complette; & la licence étoit poussée au plus haut point, quand l'apparition inattendue de la Dame du lieu, fixa tout-à-coup les regards & l'attention de l'assemblée.

Messieurs, dit-elle (avec cette impudence attachée à son état) le plus singulier des hazards, me procure à l'instant l'occasion d'obliger à la fois un galant homme, & la plus aimable des filles. Contrainte, cette nuit, pour éviter de plus grands maux, de se sauver de chez son pere, avec dessein de n'y jamais rentrer; cette charmante & jeune créature, aussi malheureuse que belle, & qui ne me connut jamais, vient d'arriver dans le moment chez moi, guidée par sa servante, à qui j'ai souvent fait plaisir. Vous présumez, que dans cette maison, je ne puis la cacher longtemps; & vous sentez, combien j'en dois être fâchée. Sa situation, pourtant, exige un prompt & sûr asyle; & j'ai pensé que, parmi vous, quelqu'un pourroit le lui offrir..... Voyez donc maintenant, Messieurs, lequel de vous est assez généreux, pour secourir cette jeune personne; pour se charger de la soustraire aux persécutions de ses parens, & peut-être se procurer la plus aimable des maitresses.

A ce discours, tous les hommes

debout, & courant à *Mistris Sulphur* (c'étoit le nom de guerre de la Dame) s'offrirent, à la fois, pour protecteurs de son infante.

J'en fis de même, je l'avoue. Et soit par curiosité, par vanité, ou par tempérament ; j'eusse donné tout ce qu'on eût voulu, pour obtenir la préférence.

Oh ! doucement, Messieurs ! dit gravement *Mistris Sulphur*, (en imposant silence de la main.) Ce zele est louable, sans doute, & je ne puis qu'y applaudir. Mais je ne puis vous satisfaire tous.... Je vous ai dit, je le répete encore, que notre jeune fugitive ignore qui je suis. Elle me croit une modeste & charitable veuve, chez qui sa servante lui a dit avoir autrefois demeuré. Ainsi, vous conviendrez, qu'à moins de risquer à tout perdre, il me faut soutenir ce caractere. Et, dans ce cas, vous conviendrez aussi, que pour ne point allarmer sa vertu, un seul de vous doit paroître à ses yeux.... Si vous m'en croyez donc ; tandis que je vais faire mes efforts, pour dégoûter la jeune *Miss* de rester plus long-temps chez moi, en lui exagérant les risques où toutes deux nous serions exposées ; que le sort décide entre vous, quel sera le prétendu parent de feu mon mari, dont je vais lui promettre, & la presser d'accepter la protection.

La proposition nous parut très-raisonnable, & déja nous nous disposions à nous en rapporter au sort ; lorsque *Mistris Sulphur*, qu'enhardissoient nos applaudissemens, reprenant la parole..... Ce que je fais, ce soir, dit-elle, en vous prouvant tout mon empressement à vous servir, vous fait pourtant probablement sentir, que j'en attends quelque reconnoissance. Car, sans l'embarras où je suis, par les poursuites d'un propriétaire aussi défiant que vilain; cette aventure-ci pourroit sans doute, en peu de temps, rétablir mes affaires.... Mais, je ne suis pas née heureuse! ajouta-t-elle, (avec un grand soupir;) & si demain, je ne satisfais pas mon homme, à qui je dois pourtant au plus cinquante mauvaises *guinées*, tous mes meubles seront vendus, & je suis perdue à jamais!....

Quoi! (s'écria notre Duc, indigné) tu prétendrois nous engager à payer ton?... Non! Monseigneur, interrompit *Mistris Sulphur*, je ne prétends engager à rien votre *grace*: hélas! je la respecte, & la connois trop bien!... Mais, dans l'état où je me vois réduite, est-ce un crime à moi de tenter la générosité de ces Messieurs ? Est-ce une insulte, de ma part, que d'espérer trouver en quelqu'un d'eux un secours d'où dépend & mon repos & ma fortune ?... Et qui peut, au fond, m'empêcher, s'ils pensent comme vous, d'abandonner dès demain ma maison, avec la jeune *Miss ?* de lui chercher des protecteurs, qui pourront être aussi les miens ? Et de jouer, probablement, à me voir mieux que je ne fus jamais ? ... Ainsi, Messieurs, voyez ce que vous croyez devoir faire pour moi.... Ma situation vous est connue... Et je vais attendre vos ordres.

Mistris Sulphur, disparut, à ces mots.

Tout se taisoit ; les filles même étoient muettes, & tout aussi déconcertées que nous. Le Duc, éclata le premier. Parbleu ! *Mistris Sul-*

phur, s'écria-t-il, vos ſervices ſont un peu chers.... En tâte qui voudra.... Quant à moi, j'en ſuis revenu.

Sir Henry Burr, auſſi modeſte en ſes prétentions, & moins impétueux, dit à-peu-près la même choſe. Ainſi, le différend ne reſtoit plus à partager qu'entre *Melton*, *Mervill*, & moi.

Le premier, que la fatalité de ſon étoile avoit preſque toujours mis dans le cas d'avoir ſon Médecin pour confident de ſes bonnes fortunes, étoit ſi flatté d'en rencontrer une plus ſûre, qu'il ſembloit avoir oublié ſon état actuel.

Mervill, accoutumé depuis longtemps à ne conſidérer ces ſortes d'aventures que dans un jour très-équivoque, avoit l'air d'être aſſez peu touché de celle-ci.

A mon égard, mes diſpoſitions

tenoient. J'étois, d'ailleurs, échauffé par le vin. Je devins l'Avocat de la *Sulphur*.

Mervill, alors, ne parla plus, que pour m'abandonner ſes droits, ſi le ſort le favoriſoit. Nous tirâmes enfin; & le bon billet me tomba. Sur quoi, grands complimens de toutes parts, à la réſerve de la Nymphe à qui mon choix m'avoit aſſocié. Mais, j'étois équitable; & je l'indemniſai ſi bien, que ſes amies envierent ſon ſort.

Miſtris Sulphur, à l'inſtant rappellée, apprit avec tranſports, que ſon eſpoir alloit être rempli, & que le ſort m'avoit fait ſon héros.

Je l'avois auguré! s'écria-t-elle, en tombant preſque à mes genoux; j'avois lu dans vos yeux, que vous aviez l'ame ſenſible; & tous mes vœux, étoient fixés ſur vous!... Je vous dirai bien plus; j'ai déja travaillé à disposer l'aimable *Miss* à quitter ma maison, dès cette nuit.... Elle croit déja voir les Connétables sur ses pas !... Je n'ai pû calmer ses terreurs, qu'en lui offrant d'envoyer chercher un parent constitué en dignité, dans l'asyle de *Westminster*, & dont l'épouse, à ma priere, aura sans doute la bonté de la recevoir chez elle.... Venez, mon cher parent ! (ajouta-t-elle, en me prenant affectueusement les mains) votre carrosse est à deux pas d'ici ; vous sortirez par une porte de derriere, & reviendrez chez moi, dans un instant, par la porte ordinaire, où j'irai vous recevoir ; & la belle *Miss*, est à vous.... Mais, attendez !... j'oublIois qu'elle voudra probablement que je l'accompagne ? Car, tout annonce en elle la décence & la vertu.... Mais, en tout cas, je saurai m'esquiver, quand nous serons arrivés où vous prétendez la mener. Le reste est votre affaire, & votre probité (car, je la vois, je la lis dans vos yeux !) me garantit le bonheur des parties, au moins autant que le mien même.

Nous admirâmes l'éloquence & le talent de cette femme, & je me livrai aveuglément à ses conseils.

Quand, suivant notre accord, mon carrosse fut arrivé; *Mistris Sulphur* me fit entrer dans une salle basse, assez passablement meublée, & m'instruisit plus au long de mon rôle. Elle me prit ensuite par la main, & me faisant passer dans une chambre, un peu moins éclairée.... J'étois bien certaine, dit-elle, (en élevant la voix) j'aurois gagé, ma chere *Miss*, que *Sir Digby*, mon généreux cousin, viendroit bientôt nous secourir !... Séchez vos pleurs, ma chere enfant! Cessez de craindre, & joignez-vous à moi, pour rendre grace à notre bienfaiteur commun.

De la façon dont la lumiere étoit placée, je ne faisois, pour ainsi dire, qu'entrevoir, au fond de cette chambre, une personne très-bien faite, & dont les traits, malgré l'obscurité du lieu, me frapperent assez en gros, pour exciter en moi certain frémissement subit. Je m'approchai.... Mais, quel fut mon étonnement, lorsque ma vue, ayant apparemment produit le même effet sur l'inconnue, je la vis tout-à-coup trembler & se précipiter dans un cabinet voisin, en poussant un cri douloureux!

Mon émotion redoubla. Ces traits, quoique mal démêlés, ce son de voix, qui ne m'étoit pas inconnu, & cette fuite enfin, me firent naître des soupçons, que je n'osois m'avouer à moi-même. Mille rapports, adoptés & rejettés au même instant, se retraçoient dans mon ame indignée.

Brûlant d'éclaircir un mystere, où s'intéressoit trop mon cœur, j'entrai dans le réduit obscur où la jeune personne s'étoit sauvée. Je la trouvai évanouie, sur le plancher. A l'aide d'un flambeau, que la matrone épouvantée avoit pris par mon ordre, mes avides regards, aussi prompts dans cet instant que la lumiere même, réunis & fixés sur cet objet, reconnurent enfin, qui ?... *Diana!* cette sublime & chaste *Diana*, qui si long-temps, avoit refusé d'être à moi.... Et maintenant la *Diana* de quiconque en vouloit!

Sa conquête m'avoit trop coûté, pour n'être pas un peu piqué

mes avides regards ... reconnurent enfin, qui !..
Diana ! ...

de l'aventure qui me la faisoit retrouver dans un état si humiliant pour mon amour-propre ; &, en me rappellant les mouvemens dont je venois, l'instant auparavant, d'être agité, j'éprouvai en même temps & la honte & le plaisir, de les trouver si méprisables.

Mistris Sulphur, ne m'avoit point quitté ; & je crois voir encore sa figure tragi-comique. Debout, pâle & sans mouvement, toujours sa lumiere à la main, veillant sur mes regards pour y assortir les siens, suspendue entre l'espérance & la crainte, & dans l'attente de l'effet qu'alloit produire en moi cette découverte imprévue ; j'aurois été presque tenté, de la laisser long-temps à cette espece de torture, si mon impatience avoit voulu me le permettre. Mais *Diana*, étant enfin revenue à elle-même ; je regardai *Mistris Sulphur*, d'un œil févere, & lui dis de fortir.

Dès que nous fûmes feuls, je fus affez me poffféder, pour demander, d'un ton de juge, à *Diana*, par quel hazard, quoiqu'en état par mes bienfaits de vivre avec aifance chez fon pere, elle fe trouvoit dans Londres, & chez *Mistris Sulphur* ?

Cette fille étoit à mes pieds, baignée de larmes. A travers mille fanglots qui lui coupoient la voix, voici ce que je recueillis de fon hiftoire, & dont j'ai depuis vérifié la vérité.

Le defir de me revoir, joint à quelques défagrémens qu'elle avoit effuyés dans fa Province, où nos liaifons avoient trop tranfpiré, l'avoient enfin déterminée à me venir chercher à Londres.

Un Officier, qu'elle avoit rencontré dans un carroſſe de voiture, avoit été aſſez frappé de ſa beauté, pour lui offrir ſa fortune & ſa main. Il s'étoit dit fort riche, & Capitaine au Régiment de ****. Un Miniſtre commode, au moyen de quelques *guinées*, avoit fini ce mariage; & l'Officier, après s'être emparé de tout ce qu'avoit ſon épouſe, ſous le prétexte d'une recrue qu'il avoit à faire, l'avoit même fait conſentir, en arrivant à Londres, à ſe défaire du contrat qu'elle tenoit de moi. Il lui avoit trouvé marchand; &, dès le lendemain, le Capitaine, apparemment preſſé de chercher quelque autre épouſe, avoit laiſſé la triſte *Diana*, ſans un *Shelling*, dans leur hôtellerie. Dans cette extrémité, n'oſant avoir recours à moi; ne ſachant pourtant de quoi vivre, & pour comble de maux, devant beaucoup à ſon hôteſſe ; elle s'étoit trouvée forcée, par les menaces de cette femme, de ſe prêter au plan qu'avoit formé *Miſtris Sulphur*, pour duper quelqu'un d'entre nous.

Je ne pus me réſoudre à maltraiter la pauvre *Diana*. Il ſuffiſoit (comme je l'ai dit ci-devant) qu'elle eût l'honneur de reſſembler, quoique très-imparfaitement, au ſeul objet qui conſervât de vrais droits ſur mon cœur, pour intéreſſer ma pitié.

Quant à *Miſtris Sulphur*, je ne pouvois lui en vouloir, & ne voyois dans tout ſon procédé, qu'un tour auſſi plaiſant qu'ingénieux.

Trop juſte, en même temps, pour me diſſimuler que *Diana*, quelque coupable qu'elle fût, ne l'étoit dans un ſens que par ma faute, & que, pour elle, encore moins que pour moi, j'étois tenu de réparer mes torts; je résolus d'y pourvoir au plutôt. Je lui demandai son adresse, & la fis remener chez elle.

Ce que je fis, le lendemain, pour l'empêcher de retomber involontairement dans la débauche, est d'un détail que je crois pouvoir supprimer.

CHAPITRE III.

LADY TRÉVERS.

Cinquieme aventure.

JE restai quelques jours oisif. Ma derniere disgrace, avec *Agnès*, m'avoit guéri des *beautés* idiotes ; & dussé-je être encore trompé, je voulois l'être, au moins, en m'amusant un peu plus agréablement.

Telles étoient mes dispositions ; lorsque, dans un souper, chez la vieille Duchesse de***, je vis pour la premiere fois la célebre *Lady Trévers*, à son retour de France.

Jeune, riche, charmante, & fille d'un Pair du Royaume, *Lady Trévers* (alors âgée de 31 ou 32 ans) avoit imaginé, environ quinze ans auparavant, se pouvoir choisir un époux, sans en faire part à son pere. Et celui-ci, trop satisfait d'avoir acquis le droit de ne rien donner à son gendre, avoit, sans faire aucun éclat, vu déclarer ce mariage. A l'égard de l'époux, dont la fortune étoit considérable, il n'avoit eu d'autre dessein, que celui d'offenser une famille, avec laquelle de tout temps la sienne avoit été brouillée. Le sang froid du beau-pere, ayant trompé son espérance, le *Lord Trévers*, piqué d'être paisible possesseur d'une femme dont les attraits n'avoient pas fait le motif de son choix, avoit négligé *Milady*; & celle-ci, quoique très-jeune encore, en démêlant les sentimens de son époux, s'étoit déterminée à l'en punir.

Sa réussite avoit été complette; & le coupable *Lord*, soit par une suite de son indifférence, soit par amour pour la tranquillité, s'étoit trouvé tellement excédé, qu'il avoit enfin consenti à signer un traité, dont elle seule avoit fait les articles; trop heureux de regagner, à ce prix, le repos qu'il avoit perdu!

Encouragée par ce succès, *Lady Trévers* avoit arboré, dans l'instant, l'étendart de l'indépendance. Avec autant d'esprit que de beauté, beaucoup d'amour pour le plaisir, & tout ce qu'il falloit pour le fixer à sa suite, elle s'étoit acquis une célébrité, que peu de femmes ont méritée à meilleur titre.

Au temps où je la rencontrai, toute autre qu'elle eût paru toucher à l'âge où les femmes cessent de plaire. *Lady Trévers*, en avoit conservé tous les droits; & ç'eût été manquer de goût, ç'eût été même ignorer le bon ton, que de n'être pas au moins de sa connoissance.

Quant à moi, j'avouerai que je fus tout-à-coup frappé de la noblesse & de l'élégance de sa parure, de cet air supérieur d'aisance & de liberté que donnent les voyages, & sur-tout aux femmes qui sont faites pour plaire en tout pays; du ton enfin, aussi léger qu'imposant, avec lequel elle dominoit dans un cercle & décidoit souverainement, sans que personne en parût blessé.

Un caractere si semblable au mien, commença par me surprendre, & finir par me subjuguer. Je crus voir en elle un objet digne de mes soins, un rival de mon amour-propre; & le desir de le dompter, devint chez moi le germe de l'amour.

Je m'apperçus, cependant, avec

quelque dépit, qu'elle me remarquoit à peine, & je crus devoir l'en punir. Je parlai donc, je dissertai, j'osai même la contredire; & n'en retirai d'autre fruit, que de la voir me regarder comme un jeune écolier, trop peu digne de sa colere. J'ignorois, alors, qu'en fait de combat d'orgueil, celui qui tient le plus long-temps est sûr de la victoire. Le hazard, ou l'opiniâtreté de mon caractere, me firent prendre ce parti; & sans quitter le ton caustique & décisif, que j'avois affiché d'abord, je déguisai non-seulement l'impression qu'elle avoit faite sur mes sens, mais encore le chagrin humiliant dont m'avoient pénétré ses procédés. Je redoublai même d'audace; &, sans lui laisser rien passer (au grand étonnement de l'assemblée!) Je parvins à paroitre, à ses yeux, si ridiculement mépri-

méprisable, que sa pitié daigna s'intéresser enfin pour moi.

Quel dommage! (s'écria-t-elle, avec un air de compassion dédaigneuse) Et quel meurtre, qu'un jeune homme aimable, & d'un rang aussi distingué, soit si complettement!... Elle alloit lâcher l'épithete, & j'étois tout piété pour l'entendre, sans sourciller; mais, elle fut assez polie pour en mettre l'équivalent dans une périphrase un peu moins dure, & qui peut-être en disoit plus encore.

Le grand point, avec les femmes, est de s'en faire remarquer, peu importe comment, pourvû qu'on ait des qualités aimables. Mais il faut que ces qualités soient à-peu-près généralement reconnues; car on pourroit plutôt, avec elles, se passer d'en avoir la réalité, que la réputation.

Je pouſſai donc ſi vivement mon rôle, & parus ſi fort frapper l'aſſemblée, ſinon d'admiration, du moins de ſurpriſe; que *Milady* ne put s'empêcher de me marquer une eſpece d'étonnement, mêlé de jalouſie. Elle n'étoit point faite à rencontrer tant d'aſſurance, dans un campagnard de mon âge; & je tirai, viſiblement, parti de cette intrépidité qui m'étoit naturelle, & qui réuſſit preſque toujours, quand elle eſt ſoutenue.

Je n'attendis pas long-temps, pour en être sûr; & ce fut avec une eſpece de triomphe intérieur, qu'en quittant la maiſon où nous étions, je vis *Lady Trévers* inviter la compagnie pour le lendemain, en m'honorant d'un coup d'œil particulier. Je la conduiſis à ſa chaiſe, & j'allois la remercier; lorſque, d'un ton plus radouci, quoique tenant encore un peu de la protection : procurez-moi (dit-elle) le plaisir de travailler à établir plus d'intelligence entre nous... Vous serez, dès ce soir, sur ma petite liste ; & je veux vous connoître mieux.

J'y courus, le lendemain, & la trouvai à sa toilette. Elle étoit seule avec ses femmes, & si l'on veut, quelqu'un que je regardois à peine comme telle : c'est-à-dire, avec le *Lord Terssil*, lequel, dans une visite en forme, lui rendoit des devoirs, qui chez lui ne signifioient rien, & dont on l'eût volontiers dispensé.

On me reçut, comme un ancienne connoissance ; & je m'emparai d'un fauteuil, où je m'établis sans cérémonie. On peignoit alors *Milady*. Ses cheveux, très-abondans, & du plus beau noir du monde, rehaussoient encore la blancheur d'une gorge, dont on laissoit assez appercevoir, pour en conclure que la Dame, avec ses charmes naturels, pouvoient encore se passer des mysteres secrets de la toilette.

Quant à celui, dont la visite l'ennuyoit, c'étoit une de ces figures d'apparat, dont le maintien gravement compassé, est toujours, pour de certains yeux, bien moins imposant que burlesque.

J'avois interrompu, pour un instant, la conversation, que reprit notre politique, & dans laquelle il fallut essuyer l'exacte répétition d'un long discours, dont *Milord* menaçoit sa *Chambre**, & dont la force étoit au moins égale à celle de tous ceux qu'on y débite, avec succès, depuis vingt ans. Dès qu'il nous

---

* La Chambre des Seigneurs, au Parlement.

crut convaincus de tout son mérite, & du bonheur qu'avoit la nation d'avoir encore des défenseurs; *Milord*, content du grand respect qu'il croyoit avoir sû nous inspirer, prit gravement congé de nous, & fut chercher d'autres admirateurs.

Sitôt qu'elle en fut délivrée, *Lady Trévers* déplora la nécessité de recevoir de pareilles *especes*, non pour le bien qu'on en peut espérer, mais pour se garantir du mal que le moins dangereux, & le plus foiblement accrédité de leur Sénat, est toujours capable de faire.

Je la priai de convenir que de pareils sujets étoient peu dignes de fixer la plus légere attention; qu'il n'y avoit ni gloire, ni plaisir, à s'occuper de gens au-dessous du ridicule; & qui, à proprement parler, sont des êtres invulnérables, par leur peu d'existence.

Vous avez raiſon (me dit-elle) & d'autant plus, que cet *Original* m'a fait omettre juſqu'ici de vous marquer combien je ſuis ſenſible à la façon dont l'offre de mon amitié eſt reçue de vous. Je crois, du moins, (ajouta-t-elle, affectueuſement) en avoir une preuve, en vous voyant ſitôt chez moi.

C'étoit me donner trop beau jeu, pour que je n'épuiſaſſe pas tout ce que je crus propre à lui prouver, en careſſant ſa vanité, que le devoir bien moins que l'inclination, avoit eu part à la vivacité de ma reconnoiſſance.

Tout impatient que j'étois de m'expliquer plus clairement, je ſentois cependant, que pour préparer mes ſuccès auprès d'une femme ſi hautaine, & que l'on diſoit ſi profondement verſée dans ce que la galanterie a de plus fin, j'avois bien des mesures à garder. Ce n'est pourtant pas que je fusse assez modeste pour desespérer d'obtenir ce que tant d'autres en avoient obtenu. Mais je sentois que ce n'étoit point avec de fades lieux communs, des protestations d'ardeur, de désespoir, d'attachement inviolable, & tout ce doucereux galimatias dont on séduit une novice, qu'il falloit attaquer *Lady Trévers.* Ce n'étoit pas non plus, en la brusquant trop cavaliérement, que je devois m'attendre à réussir. J'aurois risqué, peut-être, de blesser la dignité qu'elle affectoit, moins comme une vertu, que comme un attrait nécessaire pour rehausser le prix de ses faveurs.

Avec une si foible opinion de la vertu de *Milady*, avec un préjugé si bien fondé de son expérience & des ménagemens dont je devois uſer à ſon égard ; j'imaginai, pour ne pas me tromper ſur les moyens qui pouvoient me conduire à mon but, devoir m'en repoſer ſur elle-même, & attendre, patiemment, que j'euſſe aſſez flatté ſon goût, pour qu'elle me crût digne de ſervir à ſes amuſemens.

Mon rôle, ainſi ſimplifié, ſe bornoit donc, alors, à donner à ma perſonne tout le relief dont ma fatuité étoit capable pour faire naître, & germer ſes deſirs, à la faveur des miens.

Je procédai, en conſéquence ; & me gardai, dès la ſeconde fois que je la vis, de lui montrer directement tout ce que je ſentois pour elle, & nos propos ne furent que généraux. Lorſque, par hazard, ils tomboient ſur quelques *Beautés* à la mode ; je ne manquois pas d'obſerver que *Miſs Berill*, ne devoit jamais rire ; que *Miſs Powers*, avoit la main d'un homme ; que *Miſs Blake*, avoit les cheveux blancs : & c'étoit flatter, ſans affectation, *Lady Trévers* ſur les points dans leſquels elle excelloit viſiblement. Ajoutons, qu'avec elle, un compliment n'étoit jamais perdu, & ſur-tout, lorſqu'il étoit fait aux dépens du prochain.

Avec tout le brillant du bel eſprit, *Lady Trévers* avoit encore la manie d'avoir le goût le plus exquis. Foibleſſe accrue & fomentée, par des complaiſances d'Auteurs, qui l'avoient trop flattée en la conſultant ſur leurs Ouvrages. Et c'eſt de là, qu'elle avoit ſû ſe faire un fonds, ſinon de vrai ſavoir, au moins d'un jargon ſpécieux, à la faveur duquel elle ébIouiſſoit le gros de ſes admirateurs, & se tiroit adroitement d'affaire avec les autres.

Ainsi la Dame, convaincue des avantages qu'elle avoit sur moi, me regarda bientôt comme un novice, avec lequel elle n'avoit à redouter que les dangers qu'elle voudroit bien courir.

Alors, je m'appliquai plus que jamais à nourrir sa foiblesse, à échauffer son amour-propre, en paroissant la consulter sur tout; & mon humble docilité, lui fit bientôt envisager le soin d'achever mon éducation, comme une œuvre assez digne d'elle, & qui pourroit lui faire honneur.

C'est une nouvelle existence, à un certain âge, qu'une passion de cette espece. Et, quel bonheur pour une femme, en qui l'usage & l'uniformité des passions, en ont émoussé le goût sans en éteindre le desir, de trouver un cœur neuf à former ; & de voir, aux approches de son automne, renouveller pour elle le printemps ! Et quelle ivresse, pour un novice qui n'a fait qu'effleurer le plaisir, d'apprendre à le savourer mieux, & de se voir instruit à chaque instant, par les mains de l'amour !...

Toute fatuité, à part, je ne pouvois m'empécher d'entrevoir, que ma figure avoit frappé les yeux de *Milady* ; & je les avois vûs, plus d'une fois, fixés sur moi d'un air à m'annoncer tout ce que j'en devois attendre. On m'avoit même, assez légérement, en apparence, interrogé d'un air distrait, sur l'état actuel de mon cœur ; & la façon dont j'avois répondu, n'avoit point eu l'air de déplaire.

Elle connoissoit peu ce qu'on appelle les formalités ; &, sans aucune intention de me faire trop languir, ou de se voir trop tourmentée par ses propres desirs, elle ne retardoit mon bonheur, que pour en rehausser le prix.

Dès que sa vanité fut satisfaite, & qu'elle crut pouvoir compter sur moi; elle ne songea plus qu'à satisfaire à ce qu'elle devoit à ses plaisirs: dette pressante, alors, que ces mêmes desirs, parvenus à leur point, commençoient à rendre exigible, & dont les fonds lui paroissoient tout prêts chez moi.

CHAPITRE IV.

Suite de l'aventure de LADY TRÉVERS.

JE vis bientôt tous mes rivaux, ou maltraités, ou renvoyés, & *Milady* disoit tant de mal des uns, donnoit tant de ridicules à la passion des autres, parloit si légérement des amans qu'on lui avoit donnés dans les pays étrangers; que je regardois, comme autant de calomnies, tout ce que m'en avoit dit *Mervill* lui-même.

La candeur naturelle à la jeunesse, & l'aveuglement propre à l'amour, concourent également dans un cœur aussi franc qu'ardent, à bannir la défiance pour la maitresse adroite qui le séduit, &

la confiance pour l'ami auſtere qui veut l'éclairer. J'ignorois alors que les femmes, qui ont plus d'eſprit & de vanité que de jugement & de bonne foi, s'imaginent cacher leurs intrigues, en immolant leurs amans au fantôme de leur réputation, quelquefois même en cherchant à les brouiller enſemble, pour écarter les confidences & les obſervations.

Mais eſt-ce donc ſe diſculper, que de décrier ſes complices ? ou, la noirceur & la fauſſeté qu'ils découvrent, tôt ou tard, ne font-elles pas plus de tort que la galanterie, & même le libertinage ? A mon égard, je reconnus bientôt, par cet exemple, & par cent autres qui depuis m'ont paſſés ſous les yeux, que toute femme galante, qui parle mal d'un homme qu'on lui a donné, ou qu'on lui donne en conséquence d'une familiarité établie, soit qu'elle subsiste encore ou qu'elle ne subsiste plus, l'a, ou l'a eu : comme tout homme, qui en use de la même façon pour une femme, dans les mêmes circonstances, a été ou rebuté, ou congédié. Et cela fait, en vérité, deux êtres bien méprisables !

Loin de faire, alors, ces réflexions, je m'applaudissois fort d'être le seul objet des attentions de *Milady;* & si je m'étois bien sondé moi-même, je me serois trouvé convaincu que nul autre que moi ne l'avoit jamais été. Tant il est naturel à un jeune homme amoureux & vain, de croire ce qui flatte à la fois le sentiment & l'amour-propre !

Je crus pourtant, pour assurer mieux mon succès, devoir encore un peu jouer la timidité. Et je la jouai d'autant mieux, que *Milady* avoit pris ſur moi un aſcendant qui me rendoit, en effet, tel que je voulois paroitre.

Il faut de la pratique, en tout; & ſi l'on quitte pour un temps une habitude, un exercice quel qu'il ſoit, on s'y trouve plus ou moins neuf, lorſqu'il s'agit de s'y remettre. Il avoit fallu me contraindre, avec *Lady Trévers*; j'avois été forcé, pour ainſi dire, d'oublier ce que j'étois auparavant; d'abandonner mes airs, mon inſolence, & tous les autres attributs de la fatuité. Je vis, avec étonnement, à quel point j'étois emprunté, lorſque je voulus les reprendre; & je dûs, vraiſemblablement, donner plus d'une fois la Comédie à cette Dame.

J'avois un jour dîné chez elle, à la campagne, & dans une maison charmante, où tout ce que le goût, secondé par l'opulence, avoit pû rassembler pour flatter délicieusement les sens, se trouvoit réuni; lorsqu'après un *Piquet* fort ennuyeux pour l'une & l'autre des parties, *Lady Trévers* me proposa quelques tasses de Thé, dans un cabinet magnifique & destiné à cet usage, à l'extrémité du Jardin.

Ce cabinet, placé au bout d'une terrasse, d'où l'œil parcouroit le spectacle agréable & toujours varié que la *Tamise* offre dans tous les temps, sembloit avoir été construit par la volupté même, & décoré par elle. Il faisoit chaud, nous étions seuls, & rien n'étoit plus piquant que le deshabillé de *Milady*. Une *Arménienne* de satin blanc, qui sembloit ne la couvrir que pour inviter à déranger ce qu'elle avoit encore de trop modeste; un fichu de ſoye noire, aſſez large à la vérité, mais placé de maniere à encourager les prétentions ; ſes grands cheveux bouclés, négligemment abandonnés à leur caprice : le tout enſemble, compoſoit un déſordre élégant, où ſembloient ſe jouer ces graces naïves & nobles, qui n'appartiennent qu'aux femmes diſtinguées par un mérite ou par un rang ſupérieur ; tandis que l'imitation en devient ridicule chez les autres.

Elle n'avoit jamais été, pour moi, ſi dangereuſe, ni ſi belle ; & j'avois peine à maitriſer aſſez mes deſirs, pour conſerver à leur expreſſion ce qu'il falloit leur laiſſer de décence.

Il falloit, pourtant, commencer par quelque choſe.... La Table à Thé, me ſervit de prétexte pour m'approcher un peu plus d'elle ; & je ne mehazardai à lui prendre une main, qu'après avoir bien consulté ses yeux, & qu'alors j'osai serrer en soupirant.

Lady Trévers, rêvoit, & paroissoit regarder un gros Vaisseau, qui passoit précisement au pied de la terrasse. Encouragé par sa distraction, je poussai par degrés mes entreprises au-delà du respect, que cependant je lui jurois encore. Car, c'est un terme qui n'est jamais plus fréquemment, ni peut-être mieux employé (sur-tout auprès des *Miladys*) qu'en pratiquant le moins ce qu'il annonce.

Forcée enfin d'interpréter dans leur vrai sens, des libertés qui devenoient pressantes; elle me pria, tout-à-coup, de vouloir bien les supprimer; mais d'un ton qui me sembloit n'être pas fait pour se faire obéir: mes yeux lisoient dans les siens l'impression que je faisois sur elle, & le langage articulé de ses desirs.

J'y répondois enfin, comme il falloit; quand, reprenant subitement un air sévere, & retirant, comme en se réveillant sa main, que je tenois toujours; *Lady Trévers* m'en imposa au point, que je n'osai, qu'à mots entrecoupés, lui demander d'où naissoit son courroux.

Ce n'est pas, me dit-elle (avec un ton que le sentiment même & la candeur eussent adopté sans scrupule) Ce n'est pas, mon cher *Lord*, que je sois offensée, ou mécontente à certain point de vos desseins sur moi. Je rougirois de vous déguiser plus long-temps, que votre hommage & vos prétentions ne peuvent m'offenser; & je préfere, qui plus est, l'espece d'avilissement qu'entraine en soi la déclaration qu'ose vous faire un cœur comme le mien, à la peine de vous cacher mes sentimens.... Mais, (ajouta-t-elle, en soupirant) ou je me connois mal, ou j'aspire moins au plaisir de satisfaire l'inclination que j'ai pour vous, qu'à me conserver votre estime. Vous êtes jeune, mon cher *Lord!* Se pourroit-il, qu'avec les agrémens, & tous les moyens de plaire attachés à cet âge, vous n'en eussiez pas les défauts? Voudriez-vous, pourriez-vous même desirer, que j'affrontasse le hazard de confier à la légéreté d'un jeune amant, la félicité de mes jours? .... Et, par ce mot, (ne vous y trompez pas!) je n'entends point la durée d'un amour, que vous me promettez sans doute, &, qu'au besoin, vous me garantirez par des sermens: je sai trop bien, que cet amour ne dépend point de vous,

& que peut-être il n'exista jamais ! Non, je ne veux ici parler que de cette amitié que vous m'avez depuis long-temps jurée, de cette estime enfin, dont je suis encore plus jalouse.... Eh, puis-je me cacher que les foiblesses de notre sexe n'éteignent l'amour dans le vôtre, que parce qu'elles nous enlevent votre estime ? C'est peut-être une injustice, de votre part : mais elle est fondée sur nos torts ; & j'en aurois bien plus d'un avec vous, si j'allois m'aveugler au point de vous mettre à portée de me reprocher un jour la disparité de nos âges..... C'est le moment présent, qui nous décide, & je vous crois sincere, maintenant. Mais dussiez-vous, à l'avenir, être assez généreux pour m'épargner directement ce funeste reproche ; en serois-je moins malheureuse ? & présumerois-je moins ce que votre pitié prétendroit me dissimuler ? Que dis-je, hélas ! en vous supposant insensible au ridicule dont le monde aime à charger certaines unions ; qui vous répond, qu'ouvrant un jour les yeux sur un caprice passager, vous-même enfin ne seriez pas assez cruel pour me charger de tout le poids de votre erreur ? Pour me haïr, peut-être, & me punir d'avoir eu le malheur de trop présumer de moi-même ?... Ah ciel ! vous, me haïr, mon cher *Lord !* vous me punir de vous avoir aimé ! ... Tandis qu'il en est temps encore, souffrez que je prévienne ce malheur ; & ne soyons qu'amis, pour ne jamais cesser de l'être.

A ce coup de théatre, auquel j'étois peu préparé, je ne sus d'abord que répondre. Et, malheureusement, je n'étois pas encore assez amoureux pour ne pas sentir que *Milady* avoit raiſon de ſe défier de mon âge & du ſien !... Elle ne s'en s'apperçut que trop ; & tandis qu'elle ſongeoit, ſans doute, à me remettre le bandeau qu'elle venoit ſi imprudemment de m'ôter, je me rappellai, de mon côté, combien le lieu, l'occaſion, le caractere de la Dame, & ce qu'elle m'avoit déja permis, rendoit ſon ſermon déplacé. Je ne ſavois pourtant pas bien alors, que le vrai ſens de tout ce qu'une femme étale en ces ſortes de cas, doit ſe réduire au ſeul mot, *Capitulation* ; & me jettant dans des verbiages qui ne finiſſoient rien, je lui prouvai très-clairement combien ſon *Lord* étoit encore novice.

Il ne tenoit pourtant qu'à moi d'appercevoir que *Milady* m'écoutoit d'un air encore plus diſtrait qu'auparavant, rajuſtoit très-mal ſon

ſon fichu, & ſéchoit d'impatience. Elle ſentit encore mieux ſes torts, quand elle me vit refroidi au point, que le reſpect, (ſentiment peu de miſe alors !) avoit preſque éteint tous les autres. Et, comme il falloit courir au plus preſſé ; elle ſe détermina à ſe relâcher, par degrés, de ſes ſentimens héroïques, & à s'humaniſer aſſez pour ranimer mon courage expirant. Il étoit, ma foi, temps ! & comme nous avions tous deux à réparer, nous nous y employâmes de ſi bonne foi, que le ſuccès combla bientôt nos mutuelles eſpérances.

Au comble du bonheur, la gloire que ma vanité avoit attachée à la ſubjuguer, y ajoutoit encore. Je me regardois, au milieu de mon triomphe, avec cette complaiſance, que je pourrois appeller l'*apothéoſe d'un fat* ; & j'oubliois la liſte de mes précurſeurs, ou ne me les rappellois, que pour y voir des rivaux ou ſacrifiés, ou ſupplantés par la ſupériorité de mon mérite.

Cependant *Lady Trevers* paroiſſoit pénétrée du ſentiment de ſa défaite. Quoique la ſituation, ne dût pas lui paroître neuve, elle exprimoit avec tant d'art un embarras ſi naturel, un ſi timide & ſi modeſte ſentiment du pouvoir de ſes charmes, que je croyois ne pouvoir trop la raſſurer ſur la ſincérité de ma reconnoiſſance, & lui en donner trop de preuves.

Mais elle en ſavoit trop, pour ſonger d'abord à multiplier ſes plaiſirs, par ces tendres encouragemens qui les changent ſi ſouvent en ſatiété.

Elle ſut, à la vérité, les faire renaître à ſon gré; mais ce n'étoit qu'en paroiſſant ſe prêter à mes deſirs : telle qu'un Miniſtre madré qui ſait perſuader à ſon maître que les idées qu'il lui ſuggere, ſont les ſiennes propres. Mais, ma tête étoit déja priſe ; & celle de *Milady*, faiſant encore plus de chemin, nous nous livrâmes ſans ménagement au goût qui nous enivroit tous les deux.

Elle connoiſſoit trop le monde, & je le connoiſſois trop peu, pour le craindre ; & quoiqu'elle affichât notre intelligence, je ne remarquai jamais qu'elle en fût moins conſidérée. Elle avoit pris, depuis long-temps l'eſſor, ſi haut ; elle avoit ou ſurpris, ou captivé les ſuffrages de tant de gens faits pour donner le ton par-tout, qu'elle pouvoit ſans peine ſe paſſer de l'approbation du reſte de la ville. D'ailleurs, le monde ſemble en être venu à ce qu'on pourroit appeller une amiable *composition*, avec les femmes dont le vol, ou le mérite indépendant du sexe, fait naître sa surprise, & parvient à le frapper *en grand.* Il semble, en elles, faire grace aux mêmes foiblesses pour lesquelles on le voit sans pitié déchirer tant d'autres femmes. Il faut, pour cela, de l'esprit, des attraits & de l'audace. Que dis-je, ce n'est pas même assez; il faut encore de la suite, & de la dignité, même dans l'indécence. On peut, avec le public, être à-peu-près ce que l'on veut, pourvû qu'on soit toujours le même, & qu'on le soit noblement. Mais, il ne faut pas lui prêter le flanc, par une marche qui démente le caractere une fois donné. Et malheur sur-tout à la prude, qui paroît cesser de l'être! sa premiere foiblesse est un crime aux yeux mêmes de ceux qui ne regardoient pas sa régularité comme une *Vertu*. Et d'où vient ce déchaînement ? Ne seroit-ce pas, de ce que la plupart de ces femmes raisonnables, font trop valoir un mérite qu'elles ne tiennent que d'un tempérament qui les garantit des attaques du dedans, ou d'une figure taillée pour leur épargner celles du dehors ?

Milady, qui ne changeoit que d'objet, sans jamais changer de conduite, n'avoit rien à redouter du public, qu'elle avoit accoutumé à respecter ses goûts ; & je me trouvai tout d'un coup, chez elle, le maître de la maison, sans que personne parût s'en formaliser.

Ce ne fut pourtant pas tout-à-fait impunément, que je m'abandonnai au torrent d'une passion, qui paroissoit remplir toute mon ame. *Mervill*, & mes autres amis, qui voyoient toute ma foiblesse, non contens de la déplorer, unirent leurs efforts pour tâcher d'en rompre le cours. Mais leurs conseils, leurs railleries, & leurs reproches mêmes, furent également inutiles. Ma passion pour *Milady*, me rendoit insensible à tout. Mes sentimens pour *Lydia*, sinon déracinés, du moins rélégués, pour ainsi dire, au fond de mon trop foible cœur, se trouvoient comme absorbés dans la fatale ivresse de mes sens; & je me livrois avec tant d'emportement aux excès dont l'amour & la vanité, comme à l'envi, me faisoient un mérite; que ma santé, en parut sensiblement altérée. Mais, si je m'en apperçus, avec douleur; je n'en songeai pas plus à me corriger.

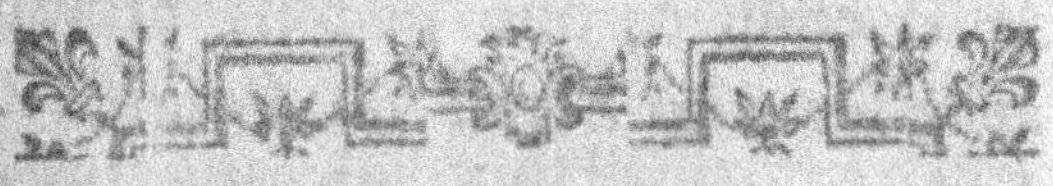

CHAPITRE V.

Conclusion de l'aventure de LADY TREVERS.

LA voluptueuse *Lady*, qui joignoit à ses charmes naturels, une science consommée dans les mysteres de l'amour, imaginoit tant de raffinemens, & les varioit avec tant d'art, que chaque jour lui donnoit à mes yeux de nouveaux charmes. Soit que, dans ses voyages, elle eût acquis de si rares talens, soit qu'ils lui fussent naturels, & seulement modifiés par l'art; je trouvois en elle à la fois le feu profond de l'Espagnole, l'emportement de l'Italienne, le sentiment vif & délicat de la Françoise, & l'élégante propreté de l'Angloise. Elle étoit ſeule enfin ce que je puis preſque appeller, un Sérail de *Beautés*.... C'étoit pour moi, chaque jour, une maitreſſe nouvelle, & toujours plus piquante que la veille.

Eh! comment réſiſter aux attraits d'une paſſion fondée ſur le plaiſir, & ſoutenue par l'eſprit & les graces? Comment ſuſpendre des ſervices, qui portoient avec eux une ſi riche & ſi délicieuſe récompenſe?

Il eſt vrai que, pour ſon propre intérêt, elle me prêchoit ſouvent la modération. Mais c'étoit une vertu, dont un ſeul de ſes regards m'interdiſoit la pratique.

On prétend que les excès entraînent avec eux les principes de leur deſtruction, & que la chûte, ou le déclin des paſſions enveloppe ſouvent leur cauſe. Mais mon amour pour *Lady Trévers*, eſt une preuve du contraire. Malgré le triſte état de ma ſanté, malgré mon dépériſſement qui, chaque jour en dépit de mes ſoins, frappoit tous les yeux ; le feu de mon imagination le nourriſſoit toujours ; & ce qui en prouvoit la force, c'eſt que je l'exprimois toujours beaucoup moins que je ne voulois.

Ma tendre tante, cependant, d'autant plus allarmée de mon état, qu'elle en connoiſſoit moins la cauſe, avoit recours à tous les Médecins, & me perſécutoit, pour me ſoumettre à leurs avis. *Mervill*, avec d'autres lumieres, après avoir trop éprouvé que les conſeils de l'amitié ne pouvoient rien ſur un cœur amoureux, m'avoit, quoiqu'avec peine, abandonné à mon penchant : fondé ſur l'axiome peu certain,

Que les maux violens, ſe guériſſent d'eux-mêmes.

Ce n'étoit qu'à la ſeule *Lady Tréverſ*, qu'il étoit réſervé de rompre mon enchantement.

J'étois, depuis près de quatre mois, l'eſclave, ou pour mieux dire, le martyr heureux du goût que ſa figure & ſon adreſſe avoient ſû m'inſpirer ; lorſqu'un jour que je la ſavoit ſortie, j'entrai chez elle, vers deux heures ; & me gliſſai dans ſon appartement, ſans avoir été apperçu par ſes gens, dont la plupart l'avoient ſuivie. Là, déterminé à l'attendre, je pris un livre, & me jettai dans un fauteuil.

Le bruit que j'entendis dans l'appartement, m'annonça bientôt ſon retour. Alors, par pure fantaiſie, & pour la ſurprendre encore mieux, je paſſai dans ſon cabinet de toilette, & j'en tirai ſur moi la porte ; en y laiſſant pourtant aſſez de jour, pour que je puſſe découvrir ce que feroit *Lady Trévers*.

Je la vis entrer ſeule, encore en habit du matin. Après un coup d'œil circulaire, elle approcha du cabinet où je m'étois caché, & tira le cordon de la ſonnette. *Miſtris Verger* parut. (C'étoit ſa confidente favorite ;) & *Myladi* lui demanda ſi, le *Lord* * * * (c'étoit de moi qu'elle parloit) étoit venu à la maiſon ? *Verger* lui répondit, que non. Sur quoi, la Dame, avec un air dont je fus piqué juſqu'au vif : eh bien, dit-elle, il n'y a pas grand mal. Qu'on diſe, en bas, que je ne ſuis au logis ni pour lui, ni pour perſonne ; & revenez, dans le moment.

Cet ordre général, & dans lequel je me voyois ſi dédaigneuſement compris, m'étonna fort, & me détermina à profiter du poſte où le hazard m'avoit placé, pour pénétrer les vrais motifs d'un changement, auquel je n'eusse pas imaginé devoir m'attendre.

Tandis que mes soupçons naissans me faisoient parcourir toutes les possibilités, *Mistris Verger* revint. Eh bien, lui dit *Lady Tréyers*, aurons-nous enfin cette femme ?... Elle vient d'arriver, Madame.... En ce cas (reprit *Mylady*) demandez à *Buralt* s'il peut monter, ou s'il veut que j'aille chez lui ?... Oh, Madame ! il est beaucoup mieux ; il a passé tantôt plus d'une heure, chez l'Intendant.... Dites-lui donc, qu'il vienne, & que la nourrice monte avec lui.

Verger part, à ces mots ; & moi je reste confondu, cherchant en vain quel peut être le but de cette étrange attention de *Milady*, pour un homme de cette espece.

Je savois, que certain *Buralt* étoit dans la maison, sans avoir jamais apperçu, que *Lady Trévers* l'eût distingué des autres Domestiques. C'étoit un Suisse, assez matériel, que dans le cours de ses voyages, elle avoit pris à son service. Et j'admirois quels pouvoient être les motifs d'un tel excès de charité ; quand la porte s'ouvrit, & me montra *M. Buralt*, soutenu par *Mistris Verger*, que suivoit, à quelque distance, une modeste & grosse Paysanne.

Aussi pâle qu'exténué, ce malheureux se soutenoit à peine ; & tandis que *Lady Trévers*, examinoit le sein de la Nourrice, il se jetta sur le lit de la Dame.

J'en croyois, à peine, mes yeux !... Quoi, c'est *Lady Trévers*, disois-je, intérieurement, en frémissant de honte & de fureur ? c'est cette fiere & superbe *Lady*, qui se dégrade, & s'avilit pour un tel monstre ? ... Et ce méprisable mortel, ce vil esclave est mon rival ! ....

Accablé de ce coup, je restai long-temps immobile, & déchiré d'un sentiment d'affliction, qui l'emportoit (je le dis à regret !) sur mon indignation même.

Les tendres soins de *Milady*, qui soutenoit son malade, & l'excitoit à reprendre courage, étoient d'une nature à ne laisser dans mon esprit rien d'équivoque. Et l'état de ce malheureux, me rappellant celui que j'allois peut-être éprouver, ne me permettoit plus d'envisager *Lady Trévers* qu'avec horreur.

Je fus prêt d'éclater, & d'aller ajouter un personnage au grouppe affreux que j'avois devant moi. L'orgueil seul me retint ; & l'indignité de ce que je voyois, sauva *Lady Trévers* de mes transports.

En la couvrant d'opprobres, en cet instant, je me serois sans doute soulagé, mais en m'avilissant ; & je me respectois moi-même, en l'épargnant.

La Nourrice fut renvoyée, avec ordre de revenir ; & *Lady Trévers*, après quelques expressions qui désignoient plus que jamais ses sentimens pour son cher Serviteur, voulut, à toute force, le reconduire à son appartement.

Ce dernier trait, me fit quelque plaisir. Il me procuroit le bonheur de fuir, sans être vû, & d'éviter une explication, où malgré mes nouveaux sentimens pour *Milady*, j'aurois peut-être eu quelque peine à renoncer.

Dans la chaleur de mon ressentiment, le besoin d'exhaler mes transports, me fit courir chez *Mervill*; qui, fort heureusement pour moi, ne devoit rentrer que la nuit; & je fus charmé que le hazard m'eût préservé du ridicule de jouer à ses yeux un mauvais rôle.

J'étois si foible cependant, si terrassé par le conflit des mouvemens qui m'avoient agité, que je me reposai quelques instans dans l'appartement de *Mervill.* Et ce fut là, qu'après avoir repris haleine, & plus que jamais affermi dans mon profond mépris pour celle qui le matin même étoit encore mon idôle ; la rage & la vengeance me dicterent la lettre de congé, que je destinois pour *Milady.*

Cette héroïque épître terminée, je revins chez moi & chargeai l'un de mes gens de la remettre en main propre à la Dame, sans attendre aucune réponse.

Elle n'en fit pas en effet ; & je n'en fus point étonné : elle étoit trop vaine pour demander grace & trop corrompue pour se réformer, quoiqu'elle eût bien été assez fausse pour chercher à me déguiser ses égaremens, ou à les justifier, si elle eût pû se flatter d'y réussir. Mais le mépris qu'elle devoit me présumer pour elle, est le vrai topique de l'amour, même de celui qui n'est pas fondé sur l'estime; parce qu'on ne peut aimer ce qu'on méprise sans ressource, quoiqu'on aime quelquefois ce qu'on n'estime pas trop. Peut-être même y a-t-il une sorte de mépris qui ne détruit pas l'amour dans certaines têtes; & cela dépend autant de la trempe de ces têtes-là, que du genre de sentiment & de mépris que le même objet peut inspirer. Si la tête & la passion sont fortes, & que le mépris ne soit que de convention, (c'est-à-dire uniquement fondé sur les mœurs & les usages du pays que l'on habite) le sentiment peut l'emporter sur cette espece de mépris, qui n'est, pour ainsi dire, que local, ou national. Car, avec une passion vive & un caractere indépendant & décidé, on peut se mettre au-dessus des préjugés de sa nation, sans se tenir asservi à mépriser ce qui n'est méprisable que dans son pays, & ne le seroit pas ailleurs. Mais, si le principe du mépris est dans la nature, qui est la même pour tous les hommes, & qu'il soit fondé sur des vices, ou des égaremens qui dégradent également par-tout ; il n'y a ni tête ni passion qui puisse y tenir, au moins après la jouissance. Et si le commerce subsiste au-delà, ce n'est plus de l'amour, comme la liaison avec les méchans n'est plus de l'amitié.

Mais, revenons à *Milady*, qui probablement ne fut pas plus touchée de ma perte, que des traits piquans de ma lettre. La dépravation & l'insensibilité marchent toujours d'un pas égal : l'habitude à l'ignominie, en émousse le sentiment; & *Lady Trévers*, qui s'étoit souvent fait un jeu de tromper trois ou quatre amans à la fois, ne pouvoit sentir vivement une rupture qu'elle étoit au moins sûre de colorer. J'appris même bientôt, que très-docile à l'un de mes conseils, elle avoit mis son cher *Buralt* à la tête de sa maison.

Il est, dans certains cas, des énormités consolantes.... Je l'éprouvai, dans cette occasion; & le plaisir de me voir affranchi d'un si funeste engagement, me fit moins regretter les peines & les soins que m'avoient coûté mon erreur. Car l'amour, n'est que la foiblesse d'un cœur sensible; mais la dépravation est le vice d'un esprit faux, & d'une ame mal née.

Ces réflexions, qui m'occuperent toute la nuit, m'éclairoient bien sur l'indignité de mon attachement, mais ne me consoloient pas du plaisir que j'avois perdu. Je le regrettois encore, au moment que j'en détestois l'objet ; & j'étois encore dans la même agitation, quand le tendre & vertueux *Mervill*, toujours prêt à revenir à moi quand j'étois disposé à l'entendre, parut dès le lendemain à mon lever. Loin de me demander la cause du nouvel abattement qu'il remarquoit sur mon visage, il s'en tint à s'informer de ma santé, sans même me parler de ma visite de la veille. Mais le sentiment de honte, ou plutôt de vanité, qui m'avoit fait prendre d'abord la résolution de lui cacher mon aventure, céda bientôt à celui d'une amitié si compâtissante & si discrette. Après lui avoir tout conté, je fus encore plus pénétré de voir que loin de me rappeller ſes conſeils, qui m'euſſent garanti de cette humiliation; il me dit en deux mots, que j'avois acheté un peu cher le bonheur d'être détrompé; mais que ç'en étoit un enfin, & qu'il falloit en jouir.

Il ne faut que rire (ajouta-t-il) de cet événement, qui n'a rien pour vous de fâcheux, ni de déſhonorant; & vous avez deux partis à prendre, pour ne plus en eſſuyer de pareils : ou de ne plus faire l'amour que par forme d'amuſement, ou d'y renoncer, s'il eſt poſſible; à moins que vous ne trouviez quelque objet qui ſoit plus digne d'un cœur comme le vôtre..... Mais, qu'a-t-on beſoin d'en chercher, quand on connoît des *Lydia?*...

Ce trait, qu'il n'avoit peut-être lâché que pour faire diverſion, ou par plaiſanterie, me pénétra juſqu'au fond de l'ame; & l'avantage que mon ami en tira, du moins pour le présent, fut que la comparaison effaça même jusqu'à l'idée des faux plaisirs que j'avois trouvés dans le commerce de *Lady Trévers*, pour me livrer pendant quelques jours à celle de *Lydia*. Mais elle étoit absente; il falloit à mon cœur un point d'appui, & ce n'étoit pas assez d'être consolé....; car je l'étois déja !

Ce qu'on peut envier le plus, dans le caractere d'un fat, c'est sans doute la faculté de se consoler aisément; & personne ne l'eut jamais plus souverainement que moi. Si les gens nés raisonnables, ou vertueux, se lassent d'avoir tort, les gens légers s'ennuyent de songer à ceux qu'ils ont eus; & quand les premiers se guérissent par la réflexion, les autres se dédommagent par n'en point faire, & finissent par recommencer. Ce fut-là, où me conduisit ma philosophie.... Libre de l'indigne attachement qui m'avoit si longtemps aveuglé, je n'imaginai d'autre moyen pour en effacer le souvenir humiliant, que de chercher quelques nouvelles aventures plus flatteuses pour mon amour-propre. Je comptois y trouver, ou le plaisir qui me dédommageroit avec usure, ou le dégoût, qui me délivreroit du soin de le chercher encore dans ce genre d'occupation.

Satisfait de ce demi-pas, que j'imaginois faire vers la sagesse; le premier usage que je fis de mes réflexions, fut de déclarer tacitement la guerre au sexe entier, pour me venger de la partie méprisable de son espece, dont je n'avois à me plaindre que pour l'avoir ou mal connue, ou trop prisée.

Je n'étois ni assez déraisonnable, ni assez injuste pour mettre toutes les femmes au même rang; ou du moins je n'osois m'avouer cette injustice, qui en dégradant ma raison, auroit humilié mon amour-propre. Mais, il faut convenir, de bonne foi, que la masse du sexe, en général, avoit de médiocres droits sur mon estime. J'avois remarqué, que la plupart des femmes ne donnoient communément de ridicules & de dégoûts qu'à ceux qui les craignoient, ou qui les respectoient le plus; & que, pour réussir presque sûrement avec elles, il suffisoit de l'avoir le moins mérité. J'en ignorois, alors, la cause; & si j'y avois réfléchi, je l'aurois trouvée dans le caractere même de ces femmes que je me plaisois à blâmer en gros, sans les examiner en détail. Les folles & les coquettes méprisent ou fuyent la circonſpection, la ſageſſe & le reſpect, qui par des motifs ou des intérêts différens les ennuyent. Et comme elles forment le grand nombre de celles qui ſont attaquées & même fréquentées par les fats, qu'on appelle ailleurs gens *à bonnes fortunes* ; ceux-ci n'ont ni les moyens, ni le loiſir ou l'envie de rendre juſtice à ce petit nombre de femmes raiſonnables, & pourtant ſenſibles, qui ne cédent qu'au vrai mérite, ou n'en trouvent jamais aſſez pour ſe rendre : ſans parler de celles qu'une vertu ferme & conſtante met au-deſſus de toutes les foibleſſes, & de leurs propres deſirs.

Auſſi éminemment pourvû que je l'étois de cette ſorte de mérite néceſſaire, & fait pour obtenir la ſeule eſpece de fortune où je me bornois avec le ſexe ; il ne me reſta plus d'autre desir que celui de professer une galanterie aisée, d'éviter avec soin tout attachement sérieux, de chercher enfin le plaisir par-tout où je croirois le rencontrer.

Il ne me manquoit plus que des occasions & de la santé, pour remplir ce projet philosophique; & je fus bientôt servi à souhait, sur les deux points.

CHAPITRE VI.

LES TROIS DAMES.

Sixieme aventure.

IL me resta de ma derniere aventure, l'honneur d'avoir fixé pendant quatre mois une femme telle que *Lady Trévers*, celui de l'avoir quitté le premier, & le mérite solide d'être promptement rétabli d'une maladie qui n'étoit venue que de l'excès de mes talens. Car, tout cela perça ; on en savoit une partie, on devina le reste, & j'aidai sans affectation, suivant l'usage, à la pénétration des curieux.

Ç'en fut assez pour déterminer trois femmes de l'espece & du rang de *Milady*, à m'attaquer toutes trois à la fois, par des motifs & des intérêts différens. La premiere, avec une taille de Nymphe & des traits auxquels il ne manquoit que de l'ame, n'avoit pas trouvé un seul adorateur depuis quatre ou cinq ans qu'elle étoit dans le monde, où elle promenoit ses charmes avec assez d'éclat pour lui faire attribuer l'intention de les mettre en œuvre. Sans être ni assez fiere, ni assez coquette pour inspirer trop de respect ou de dégoût, on ne lui avoit pas cependant fait l'honneur de l'attaquer ; moins peut-être par la difficulté du succès, que par le peu de goût pour l'entreprise. Il en étoit pourtant cent autres qui ne la valoient pas. Mais son ton & son maintien, toujours les mêmes dans toutes les circonstances, lui avoient fait supposer une nullité de sentiment, ou de caractere, qui avoit écarté les ſoupirans. Comme s'il en falloit pour la plupart de ces Meſſieurs, qui n'en ont point! Mais, les gens à paſſion en veulent pour s'attacher, les gens à airs pour ſe décorer; & *Milady* ne flattoit ni le ſentiment des uns, ni la vanité des autres. Elle étoit donc iſolée, avec toutes ſes graces; & l'ennui de ſa ſituation fit naitre à cette femme, qui par la ſeule force *d'inertie* auroit peut-être réſiſté à toutes mes attaques, l'envie de me faire des avances que je lui refuſois comme tous les autres.

La ſeconde, étoit une coquette délaiſſée depuis quelque temps, pour un mauvais choix qu'elle avoit fait en dernier lieu. Cette malheureuſe affaire ébruitée, avoit écarté les gens du bel air, par la honte de ſuccéder à un homme qui n'avoit que le mérite obſcur d'être ſenſé, avec le tort de demeurer bourgeoiſement & ſans emploi, dans la Cité. Elle imagina donc de me choiſir, pour la remettre (comme on dit,) ſur le *Trotoir*, par un engagement qui fit oublier le dernier.

A l'égard de la troiſiéme; l'inſipidité de deux paſſions romaneſques qui l'avoient ennuyée, l'avoit ramenée du ſentiment qu'elle avoit cru avoir, au goût des plaiſirs ſolides qu'elle avoit pris pour lui; & je lui parus aſſez célebre par mes exploits, & aſſez repoſé de mes fatigues, pour faire avec moi l'épreuve de ſa nouvelle philoſophie.

Au ſurplus, ces trois femmes étoient aſſez jeunes & aſſez jolies pour faire honneur à trois fats de la meilleure eſpece. Le comble de la célébrité, pour un d'eux, eût été de les asservir & de les tromper toutes trois. Mais, il me sembla qu'il n'étoit réservé qu'à moi d'être seul l'objet de leurs poursuites, & de les voir faire vis-à-vis de moi le rôle humiliant que mes confreres en fatuité se seroient empressés de jouer avec elles. Je ris encore de moi-même, en songeant avec quelle complaisance je les vis aspirer à ma conquête!... Et je me livrai donc à cette nouvelle espece de triomphe, avec l'ardeur d'un conquérant qui veut envahir en même temps trois Etats voisins, & le plaisir qu'il goûte en les voyant venir au-devant des fers qu'il leur prépare. Je trouvai même, à force de réflexions, qu'il étoit beau de venger mon sexe du leur, en faisant essuyer à ces trois coquettes les épreuves & les mortifications dont elles & leurs semblables avoient accablé tant de dupes; & ce projet de ma vanité me parut un acte de justice, digne d'un Législateur philosophe. Il est vrai, que j'y acquis une connoissance bien utile & bien profonde; car je conçus, en le jouant, le rôle des coquettes, qui m'avoit toujours paru aussi insipide pour elles, que cruel pour leurs victimes; & je sentis, qu'avec de la vanité, du goût pour le plaisir ou pour la dissipation, peu ou point de sentiment, un grand désœuvrement, & peu de solidité, une femme mourroit d'ennui, si elle n'étoit coquette, & qu'elle doit s'amuser de l'être. Aussi, m'amusé-je beaucoup, pendant que je m'en occupai. Et c'étoit un spectacle charmant pour moi, que la rivalité des trois femmes qui s'étoient avisées de m'entreprendre !

Leurs menées furent d'abord asſez ſourdes, par la crainte de ſe commettre vis-à-vis de moi, du public, & d'elles-mêmes. Mais, quand je jouai ſucceſſivement avec elles les froideurs, les bouderies, les préférences, & toutes les fineſſes de l'art que leur commerce m'avoit appriſes; je les vis, par degrés, s'échauffer au point, que bravant les bienſéances, & négligeant ſouvent l'intérêt même de leur paſſion, elles parvinrent à donner au public les mêmes ſcenes ridicules que nous lui donnons ſi ſouvent.

Lady Trévers en fut deux ou trois fois témoin, dans quelques-unes de ces grandes aſſemblées où je me plaiſois à trainer mes captives à ma ſuite; & je crus qu'elle alloit auſſi ſe mettre de la partie, par la contagion de l'exemple, ou plutôt par le dépit de voir un eſclave échappé de ſes chaînes, en donner à tant d'autres. *J'en* aurois été enchanté, pour l'humilier & la punir. Car quoique nous vécussions ensemble avec la politesse froide & mesurée de deux athletes qui connoissent leurs forces, je fis quelques pas qui n'avoient pour but que de lui en faire faire d'autres. Elle le sentit, sans doute ; & ne voulant pas me donner sur elle un avantage qui auroit renouvellé l'éclat du premier, en augmentant mon triomphe ; elle se contenta d'en rire avec le public. Je crus même qu'elle alloit pousser le zele & la charité jusqu'à éclairer mes trois conquêtes, sur leur égarement & mon caractere ; & je l'attendois là, pour dévoiler le sien, & la démasquer. Mais, quelques mots lâchés de part & d'autre, lui firent sentir que je la pénétrois à mon tour ; & contente de cette escarmouche, elle me laissa jouir tranquillement de toute ma gloire. Mais ce n'étoit qu'une jouissance de vanité, qui ne pouvoit être plus solide que son principe, & je ne tardai pas à m'en dégoûter. J'aurois pourtant fini mieux, ou plus tard, cette espece de Comédie où je jouois le beau rôle, sans un incident imprévu, qui en avança la catastrophe.

Je m'apperçus que mes trois actrices, ou contentes du genre de service que je leur avois rendu, en les remettant en scene suivant l'usage auquel elles m'avoient destiné; ou peu satisfaites du partage de mon temps & de mes soins que j'avois jugé à propos de faire entre elles, songeoient à me donner des successeurs qui ne fussent, ou ne parussent être qu'à elles. Car tout le monde étoit au fait du *traité de partage* que j'avois fait dans mon empire. Mais leur amour-propre perdoit ce que le mien gagnoit à la publicité, & leur projet étoit d'avoir leur revanche. Quoique chacune d'elles prît ſecrettement ſes meſures, pour une rupture qui pût les venger en même temps de leurs rivales & de leur tyran; je vis aſſez tôt leurs diſpoſitions militaires pour ne pas perdre la bataille en la recevant, & je m'arrangeai en conſéquence.

Je liai une partie de campagne, où je les engageai toutes trois, avec les ſucceſſeurs qu'elles me préparoient. Et comme j'avois l'eſprit & le cœur plus libres que les transfuges qui cherchoient à m'échapper, & les prétendans qui vouloient me les enlever; je démêlai d'abord, que le plan de campagne des unes & des autres n'étoit pas encore arrêté. L'objet général de ces trois couples, étoit bien de ſe lier enſemble ; mais leurs choix reſpectifs n'étoient pas encore faits, parce qu'au fond les objets leur étoient aſſez indifférens, pourvû qu'en fin de compte, il en revint à chacun un amant & une maitreſſe. Ainſi, il me fut aiſé de ſemer aſſez d'embarras ſur leur marche, & de jetter aſſez de ſoupçons au milieu de leurs différens intérêts, pour empêcher une concluſion trop précipitée.

Je pouſſai même la perfidie, (car la fauſſeté en eſt toujours une, même avec les gens faux) juſqu'à flatter ſéparément chacune de ces trois femmes du ſacrifice que je voulois faire à chacune en particulier, des deux autres ; & l'on ſent bien que cela ſeul fut ſuffiſant pour les retenir toutes trois, & déſoler les aſpirans.

Le jour du départ étant enfin

venu, j'arrangeai despotiquement les voitures ; de façon, que je revins dans la même avec mes trois Sultanes, au grand étonnement de mes successeurs humiliés, & des spectateurs témoins de mon triomphe. Je ne fus même pas plutôt dans le carrosse, qu'après avoir fait successivement, mais sous des noms empruntés, le portrait au naturel du caractere de mes trois maitresses, des vues différentes qu'elles avoient eues en me prenant, des moyens qu'elles avoient employés pour y parvenir, des tours qu'elles s'étoient joués respectivement, des faussetés qu'elles s'étoient permises, & de tout ce qui s'étoit passé de plus particulier entre elles & moi ; j'ajoutai, que les graces de la figure sans l'esprit, l'esprit sans le goût du plaisir, & le plaisir même sans le sentiment, ne pouvoient former un attachement digne de la conſtance d'un cœur vraiment ſenſible.

C'étoit les peindre toutes trois, en leur annonçant en même temps la réſolution de les quitter, & les motifs de la rupture. Et, pour n'avoir point à me reprocher de leur avoir rien déguiſé; je finis, en mettant pied à terre à la Comédie, où je devois les laiſſer, par dire: que quand on avoit eu le malheur de rencontrer ſi mal, le meilleur parti à prendre, étoit de chercher mieux.

Je ne ſai quel effet mon apologue produiſit, juſqu'au moment où chacune d'elles, en rentrant au logis, trouva un congé en forme, par lequel je lui mandois, & dans les mêmes termes, que mes réflexions m'avoient conduit à ne vivre dorénavant que pour le ſeul objet qui en étoit véritablement digne. Mais, je jugeai par leur réponse, que chacune d'elles, suivant mon plan, avoit cru l'une de ses deux rivales préférée. Car elles me répondirent toutes, parce qu'elles n'étoient ni assez estimables, ni assez méprisables pour afflicher le mépris ou l'insensibilité ; & que leur jalousie mutuelle excita leurs reproches, ainsi que leur curiosité. Je le vis clairement par leurs démarches, qui m'amuserent pendant quelque temps ; puisque sans se rien communiquer les unes aux autres, elles firent de grandes perquisitions pour découvrir la rivale préférée ; & que ce ne fut qu'après quelques scenes réjouissantes pour les spectateurs, qu'elles furent toutes trois informées du triple congé que je leur avois donné. Les compagnons de notre voyage, le savoient déja ; & mes trois rivaux l'apprirent des premiers, parce que je leur fis dire modeſtement que je ne mettois plus d'obſtacles à leurs prétentions ſur trois infidelles que je n'avois fait que prévenir. C'en fut aſſez pour les faire renoncer à elles, par la honte & le ridicule de n'avoir que le rebut d'un homme qui leur avoit été préféré ſi publiquement, quelques jours auparavant. Leur honneur, & celui du corps, exigeoient, que pour donner l'équivalent d'un congé en forme à leur retraite, ils la fiſſent avec l'éclat d'une rupture, qui achevât de mettre le public dans la confidence. Et mes trois coquettes, livrées à la plaiſanterie générale, ſe trouverent, après cet eſclandre, fort au-deſſous de l'état d'où elles avoient prétendu ſe tirer par mon moyen.

Le bruit que fit cette aventure, mit le comble à ma célébrité, &

m'en procura cent autres dont le récit m'ennuiroit aujourd'hui peut-être autant que le public; car elles se ressemblent toutes. Vanité, coquetterie, indiscrétion, & fausseté de part & d'autre; liaison de projets, de convenance, ou de caprice, tracasseries, dégoûts, ruptures, & remplacemens : voilà le fond & la marche ordinaire de ces sortes de commerces, qui ne sont variés que par la différence des caracteres & des circonstances. On diroit que ce sont des combats simulés où chacun sait ce qu'il doit faire, & l'exécute à la minute. Et pour faire une comparaison, plus analogue au sujet; il me semble voir ces contre-danses froidement vives & monotônes, qui, avec quelques différences pour l'air, le mouvement & la durée, commencent, figurent, & finissent toutes de même. C'est une façon bien bizarre de traiter un ſentiment dont le principe eſt dans la nature, que de le mener par regle & par art comme une danſe notée, ou par calcul comme une partie d'échets ! Et quelles têtes, pour la regle & le calcul, que celles qui s'y adonnent dans les deux ſexes par état, & comme par métier !... Ce que j'y trouve de plus faſtidieux, c'eſt que l'homme attaque communément avec la certitude de vaincre, & la femme avec celle de céder : en ſorte, qu'il n'y a, pour aucune des parties, cette ſorte de plaiſir qui naît de la réſiſtance d'un côté, & de la force de l'attrait de l'autre. Il faut convenir, que cela fait un jeu bien inſipide ! & cependant, on n'a pas plutôt fini une partie, qu'on en recommence une autre. Et les femmes, ſur-tout, ſont encore alors une faute bien contraire à leur objet. Elles disent presque toujours le passé au nouvel amant dont elles sont occupées, dans le temps qu'elles cachent avec soin leurs nouveaux projets à celui qu'elles vont quitter. Ainsi, l'on finit avec l'un, par un mauvais procédé qui le révolte sans le dérouter sur ce qu'il verra bientôt, s'il ne le voit déja; & l'on commence avec l'autre, par une indiscrétion inutile qui l'indispose. Il faudroit plutôt faire le contraire. Ce seroit le moyen de multiplier ses amis, sans effaroucher ses amans; & c'est une politique qui a réussi plus d'une fois, sur-tout à ceux dont le cœur a un peu circulé dans la société. On ne cesse point de se voir, parce qu'on n'a pas rompu; on se revoit insensiblement avec plaisir, parce que le ressentiment s'éteint, & que l'habitude & le goût font renaître, par degrés, la familiarité.... Eh, que de fortunes, en tout genre, ont été faites par une suite des liaisons restées d'un commerce daté de vingt ans, qui avoit laissé de part & d'autre un fond d'intérêt & de sensibilité! On fait cause commune, on se protége & se défend réciproquement, parce qu'on se rappelle le temps où tout étoit commun; & l'on s'échauffe par souvenance, ou par ménagement pour l'objet qui plaisoit alors, & qu'il est toujours agréable d'obliger, ou quelquefois dangereux de mécontenter. Ce parti, entre amans qui se lassent l'un de l'autre, est si avantageux, & de plus si honnête, que je ne comprends pas comment si peu de gens s'en avisent parmi le nombre prodigieux de ceux qui se mêlent de la profession, & qui ont sous les yeux tant d'exemples frappans de son extrême utilité!

Pour moi, qui ne ſongeois guères alors à faire mon chemin par les femmes, encore moins à faire des amies dans une eſpece que j'avois l'inſolence de mépriſer, parce que je n'en connoiſſois, pour ainſi dire, que le rebut; je continuai à pouſſer mes erreurs & mes avantages dans le vaſte champ de la galanterie & de la fatuité.

Mais, quelques talens ſupérieurs que je me fuſſe cru pour adopter ce train de vie, j'y rencontrai mille dégoûts que j'avois peu prévus. Mon amour pour mes aiſes, joint à certain reſte de candeur, & de cette eſpece de bonté que je devois encore à la jeuneſſe, excitoient ſouvent mes remords. Je rougiſſois, intérieurement du moins, de me trouver à chaque inſtant ingrat; & j'avois plus de peine à rompre une inclination, que de plaiſir à en former une nouvelle.

Il eſt vrai, que ma vanité vint encore à bout d'étouffer juſqu'à ces remords mêmes, & de m'inſpirer, malgré mon honnêteté naturelle, aſſez de cruauté, pour trouver un plaiſir barbare à jouir du déſeſpoir d'une maîtreſſe abandonnée. Plus ſon repos ou ſa réputation étoient altérés, plus mon triomphe me ſembloit brillant; & ç'en étoit aſſez pour m'endurcir.

Les femmes ont beau dire; au fond du cœur, elles ſont ennemies: par conſéquent trop incapables d'union, pour s'oppoſer à l'ennemi commun, qu'elles ſubjugueroient ſans doute, ſi leurs rivalités & leur jalouſie mutuelle, ne l'invitoient ſans ceſſe à de nouvelles perfidies en les lui pardonnant, & plus encore en y applaudiſſant. Ainſi, le malheur d'une femme, en flattant la haine ou la malignité des autres, eſt le motif qui les détermine toutes, à l'envi, à tenter la conquête d'un inconſtant qu'elles ſe flattent de fixer, ou d'un perfide qu'elles eſperent convertir ; & le triomphe le plus flatteur pour leur vanité, eſt de tourner la tête à celui qui en a tourné mille autres. Je courus donc, les yeux fermés, cette même carriere que tant de fats (que je mépriſois pourtant de tout mon cœur !) avoient parcourue avant moi, & dans laquelle, en vérité, je ne trouvai jamais ces vrais plaiſirs dont l'eſpoir ſeul m'avoit ſéduit.

Ma vanité même, bientôt, n'y trouva plus ſon compte. Je ne pouvois me diſſimuler que mes victoires me coûtoient trop peu pour être flatteuſes, ou quelquefois trop pour ce qu'elles valoient.

Mais, je croirois abuſer de l'indulgence

dulgence du lecteur, en me jettant dans un détail plus circonstancié, qui ne lui feroit voir encore que des triomphes suspects, ou de brillantes sottises.

L'homme, à vrai dire, est toujours un enfant plus ou moins jaloux de ses nouveaux colifichets ; & qui ne se guérit comme eux des fantaisies, & des goûts trop immodérés, que par une indigestion.

C'est ainsi, que parvenu au période de mon caractere ; après avoir acquis le nom & la célébrité du plus heureux, & du plus dangereux des fats ; je me dégoûtai de mon rôle, & devins insensible à mes succès. Mes sensations altérées par l'abus outré d'un plaisir, qui pour comble de maux, n'en étoit encore un pour moi que par habitude & par vanité, laissoient mon ame ſans reſſort au ſein de la volupté même.

En un mot, je me vis réduit (car l'amour-propre a des reſſources infinies!) à imputer mes dégoûts à la facilité des femmes. Je fus aſſez ingrat, pour oublier tout ce qu'on daignoit m'épargner de temps, de modeſtie & de ſincérité, au point de leur en faire un crime; pour me trouver enfin mépriſable à mes propres yeux, de me donner à ſi bas prix.

Je me vis donc, avec douleur, au rang de ces Sultans blaſés ſur le plaiſir, qui, dans leurs vaſtes & nombreux Sérails, ſurpris par les langueurs qu'enfante la ſatiété, ſentent enfin que le cœur ſeul, en fait d'amour, ſait préparer des mets dignes de l'appétit des ſens.

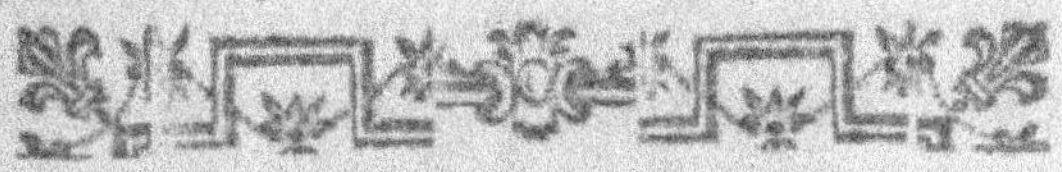

CHAPITRE VII.

*Dégoût de Milord D*** pour les aventures d'éclat. Il se détermine, de nouveau, à chercher* LYDIA.

CE fut alors que l'image de *Lydia*, de nouveau triomphante, & dissipant les nuages grossiers dont le libertinage avoit rempli mon imagination, releva mon ame abattue; & je ressentis avec douleur, mais avec fruit, que le véritable amour seul pouvoit me procurer une félicité durable.

Tout disposoit heureusement mon cœur à déplorer ma conduite passée. Son réveil fut sensible, & lui rendit toute sa dignité. Je le sentis gémir, d'avoir été séparé si long-temps du seul objet digne de le remplir. Je me rappellois ces instans, où je connus pour la premiere fois l'amour !... Ces tendres sentimens, & cette douce émotion, qu'avoit fait naître en moi le seul aspect de *Lydia*, se retraçoient à mes yeux, & bien plus encore à mon cœur, en me reprochant (si j'ose m'exprimer ainsi) le meurtre volontaire & si long-temps perpétué de ma propre félicité ! J'admirois, en me détestant, par quel charme fatal, par quel aveuglement honteux, j'avois sacrifié ce qui pour moi sans doute étoit une divinité, à des objets à peine dignes de l'honneur de lui être offerts pour victimes !

Je me jugeai, ou plutôt je me condamnai moi-même, & si sévérement, que mes remords firent taire jusqu'aux reproches que j'avois à faire à *Lydia*, eu égard à l'incertitude où elle m'avoit laissé sur le lieu de sa retraite. Que dis-je, hélas ! en la justifiant, pouvois-je me dissimuler le peu de soins que je m'étois donnés pour la découvrir ?... Et malgré sa défense expresse, en avois-je donc fait assez pour ne pas m'accuser, intérieurement, de négligence ?

Dans ce subit & violent reflux de passions, je résolus d'expier mes torts, & de chercher par-tout ma *Lydia*, avec l'ardeur du plus determiné héros de *Pharamond*, où de *Clélie*.... Heureux encore, si je la retrouvois, de me soumettre à tous les traits de son ressentiment !

J'avois déja pensé, plus d'une fois, peut-être avec assez de fondement, qu'elle avoit quitté l'Angleterre, & que c'étoit par-tout ailleurs qu'il falloit la chercher. Une beauté de cette espece, me disois-je,

& dans un Royaume borné, n'eût pû rester si long-temps ignorée.

Sitôt que mon projet fut arrêté, rien ne me retint plus que le desir d'amener ma tante au point de consentir que je partisse enfin pour mes voyages.

Sa facilité me surprit. Mais j'entrevis bientôt, quels en étoient les vrais motifs. Sa tendresse attentive au dépérissement de ma santé, en avoit enfin pénétré la cause ; & quels que fussent les dangers qu'envisageât cette bonne parente, en me laissant parcourir l'Europe, elle croyoit devoir les craindre moins que ceux que j'affrontois en Angleterre. Ainsi, sa résolution de me laisser éloigner d'elle, étoit encore un effet de son foible pour moi.

Elle voulut pourtant, par forme de condition, que je l'accompagnasse auparavant dans la Province de *Warwick*, où des objets intéressans exigeoient sa présence, & que je la ramenasse à Londres ; après quoi, j'étois libre, & pouvois fixer, à mon gré, le jour de mon départ.

J'acceptai la condition, & d'autant plus volontiers, que je regardois ce pays comme le point d'où je devois partir, pour bien commencer mes recherches & suivre au hazard *Lydia*, de l'endroit même où je l'avois perdue.

Mervill, à qui je me fis un devoir de faire part de mon dessein, étoit, comme je crois ci-devant l'avoir dit, revenu de ses voyages.

Sans approuver entiérement ce que le mien avoit de romanesque, il me prouva sans ostentation combien son amitié m'étoit acquise, en offrant de m'accompagner. Je refusai, pour n'être point ingrat.

Mais cet aimable & digne ami ſavoit un ſûr moyen de vaincre ma délicateſſe. Il s'étaya de *Lady Bellinger*; & ma tante enchantée de me voir un tel conducteur, ne voulut rien entendre de ma part, & proteſta, ſi je le refuſois, qu'elle s'oppoſeroit à mon voyage.

Mes équipages, dès ce jour, furent donc ordonnés; & je me vis contraint, quoiqu'avec le plus grand plaiſir, de céder à *Mervill.*

Tandis que ces préparatifs ſe faiſoient, je ſentois avec joie que *Lydia* avoit repris tout ſon empire ſur mon cœur. Content de mon état préſent, le ſot rôle que je jouois, même à mes propres yeux, dans les jours les plus brillans de ma fatuité, me paroiſſoit preſque incompréhenſible; & mon étonnement me plaiſoit, parce qu'il me prouvoit mon retour à la raiſon.

Je respirois un air nouveau, le calme regnoit dans mon ame ; un sentiment tendre & voluptueux remplissoit tout mon cœur, & devenoit encore plus doux, en me rappellant le naufrage où je m'applaudissois d'être échappé.

Je fis alors, & je goûtai délicieusement, la différence qui se trouve entre les plaisirs que la réflexion redouble, & ceux qu'elle détruit, pour ne faire de leurs ruines accumulées que la bâse de nos tourmens.

J'avois pourtant quelque chose à souffrir de mon trop d'impatience, de mes doutes, & de mes craintes. Mais ces souffrances mêmes, étoient bien compensées par la dignité de leurs motifs.

Enfin, tout étoit prêt pour notre voyage en Province ; lorsqu'à la vielle du départ, je fus prié d'un

Bal masqué, que donnoit le Duc de N....

Je ne comptois pas y aller. Mais *Mervill* m'y entraîna.

Rien n'étoit plus brillant & mieux choisi que l'assemblée; rien de plus élégant que la fête, où la magnificence étoit unie avec le goût.

La foule, ou le hazard, m'ayant enfin séparé de *Mervill*, je parcourois les différentes salles, avec l'indifférence naturelle aux sentimens qui m'animoient alors. Bien convaincu que le moyen le plus certain d'éviter la rechûte, est de douter encore de notre entiere guérison; je tâchois d'éviter, ou d'écarter, sans affectation, tout entretien particulier avec les femmes.

J'étois donc assez desœuvré, & même démasqué; lorsque voyant, à quelques pas de moi, trois femmes qui se parloient avec beaucoup d'action, la curiosité me prit de les reconnoître, & je m'approchai pour les examiner.

L'une d'elles, sur-tout, épuisa, quoique vainement, toutes mes conjectures. C'étoit une taille si fine, un œil si vif, un port si noble, un air si distingué, qu'elle intéressa mon cœur dès le premier moment. Je ne pouvois me lasser d'admirer les graces qui sembloient animer ses moindres démarches, ces charmes qui n'ont point de nom, & cet attrait, toujours mal défini, qui, sans être précisément ce qu'on appelle la *Beauté*, en est l'esprit & l'ame.

Je voulus détourner les yeux d'un si dangereux objet. Je les trouvai rebelles. Et frémissant de voir mon cœur d'accord avec eux, prêt à me replonger dans un nouvel égarement, je ne ſongeois qu'à fuir; lorſque l'une de ces Dames, que je reconnus pour *Miſtris Barmore*, vint à moi, en ſe démaſquant, & me demanda ſi *Mervill* étoit au Bal. Je l'aſſurai qu'il y étoit; & ne pouvant réſiſter à l'occaſion qui ſe préſentoit de m'approcher de la belle inconnue, je donnai la main à *Miſtris Barmore* pour aller la rejoindre.

Je l'obſervois avec une attention, qui la frappa ſans doute; & je crus entrevoir en elle un certain air d'inquiétude & d'agitation, qui me gagnoit moi-même.

Quant à ſa compagne, elle s'entretenoit de temps en temps, mais à voix baſſe, avec *Miſtris Barmore*, & paroiſſoit faire peu d'attention à moi.

Mervill, cependant, étoit venu ſe joindre à nous; &, dans l'inſtant, par forme d'à-propos, *Miſ-*

tris Barmore demanda si nous avions vû *Miss Lovely*, qui le jour précédent avoit été présentée à la Cour ? *Mervill*, lui dit que non ; & je répondis, assez froidement, que j'étois alors chez le Roi. Eh bien, qu'en dites-vous ? reprit-elle, avec vivacité. Sur quoi, sans faire attention à l'intérêt qu'on pouvoit prendre au jugement que j'allois prononcer.... Ma foi ! (lui dis-je, étourdiment) tout ce qu'il vous plaira.... Je l'avois déja vue, sans trop savoir ce qu'elle étoit.... C'est, dites-vous, *Miss Lovely* ?... Eh bien, c'est à-peu-près tout ce qu'on en peut dire.

Etes-vous fou ? (me dit, en me poussant, *Mistris Barmore.*) Est-ce bien de *Miss Lovely*, que vous croyez parler ?... La connoissez-vous, en effet, pour oser prononcer ainsi sur son compte ?

Peut-être la connois-je mal, (repliquai-je, en ricannant.) Voici pourtant, précisément, ce que j'ai vû : voyez si je suis juste.... Elle a de la taille & du tein, le visage assez bien, la main passable, & quelque agrément dans la voix. Mais, tout cela n'est pas vivant; ses traits n'ont point de jeu, sa contenance est timidement gauche, & j'ose présumer (par mon expérience, au moins!) qu'on peut la regarder impunément.

Vous êtes difficile, & plus que singulier dans vos opinions, (me dit alors *Mistris Barmore*, en levant les épaules.) On trouve, heureusement, par-tout ailleurs, d'autres sentimens que les vôtres, & d'un peu meilleurs yeux.

Ce ton de contradiction, acheva de piquer mon amour-propre; & loin de m'éclairer sur la sottise que je venois de faire, j'y mis le comble en présence de *Lady Lovely*, (car c'étoit elle-même) dont je ne pouvois associer les traits avec ceux de la jeune *Miss* que j'avois vû *présenter* le matin.

Ainsi, sans prendre garde à certains mouvemens d'impatience & de dépit, que chaque trait mordant paroissoit exciter en elle, assez sensiblement; je finis par dire, qu'on étoit aussi trop dupe de louer avec tant d'excès si peu de chose. A mon égard, (ajoutai-je assez haut) j'ai été tout aujourd'hui si fort excédé des termes de *prodige de beauté*, de *miracle de la Nature*, & de mille autres exagérations qu'on appliquoit à cette petite *merveille*, qui m'a paru très-peu merveilleuse, que je la laisse enfin pour ce qu'elle est. J'ajouterai pourtant, qu'il n'est peut-être qu'un seul objet, à qui tout cela pût convenir; & que je suis si révolté de voir ces éloges prodigués à d'autres, que je renverserois volontiers toutes ces idoles, pour les mettre aux pieds de la seule Divinité qui puisse les mériter.

Je songeois intérieurement à *Lydia*, en achevant cette belle tirade, & regardois d'autant l'inconnue; quand la troisieme Dame, se levant brusquement, dit à *Mistris Barmore* de la suivre; & s'appuyant sur la jeune personne, prit congé de *Mervill*, & partit sans me regarder.

Mistris Barmore, cependant, feignant d'avoir à rattacher son masque, eut le temps de m'apprendre à quel degré j'avois poussé l'impertinence, en m'échappant ainsi sur le compte de la jeune *Miss*.

Vous êtes pourtant dans l'erreur,

(ajouta-t-elle) & vous étiez, sans doute, ou bien distrait, ou bien préoccupé, lorsque vous avez vû *Miss Lovely*, à la Cour!... Mais comment n'avez-vous pas apperçu tout ce que j'ai fait & dit pour mettre fin à votre rêve, & vous ouvrir les yeux? Mon dessein, en vous demandant ce que vous pensiez d'elle, n'avoit pour but que de lui procurer de votre part un compliment dont je la croyois digne; & vous êtes le seul qui le lui ayez refusé... Adieu; je vous abandonne à vos remords.

Je restai, je l'avoue, assez confus. Mais, toute réflexion faite, je fus bien moins fâché du *Quiproquo*, que de m'être trompé jusqu'à sentir pour cet objet masqué des mouvemens qu'il ne m'avoit pas inspirés lorsque je l'avois vû à découvert. Je dis même à *Mervill*, en ſouriant, que je conſeillois fort à *Miſs Lovely* de ne paroitre que ſous le maſque. J'étois pourtant ſi peu ſatisfait de moi-même, & me croyois ſi foible encore après m'être trouvé ſi ſuſceptible en cette occaſion, que je le quittai bruſquement, pour me jetter dans le premier carroſſe de louage, impatient de partir dès le lendemain, avec *Milady Bellinger*, pour aller chercher les traces de ma *Lydia* dans la Province de *Warwick.*

Sitôt que nous y fûmes arrivés, mon premier ſoin fut de voler au petit manoir de la veuve, & de revoir les lieux chéris qu'avoit habités *Lydia.*

Je trouvai la bonne femme encore vivante, & transportée de joie à mon aſpect; bien plus encore ſans doute (& la choſe étoit naturelle) en revoyant ſon petit-fils, ce même *Tom* qui ne m'avoit jamais quitté, que *Lydia* m'avoit recommandé, qui l'avoit ſervie, & que j'avois toujours traité comme lui appartenant.

Mon cœur étant ainſi diſpoſé à la tendreſſe, je vis avec un plaiſir que la ſenſibilité perſonnelle augmente toujours les expreſſions naïves des ſentimens que la force du ſang dictoit à *Tom* & à ſa bonne mere. Je jouiſſois de leurs tranſports ; j'entendois leur langage, parce que c'étoit celui de la nature, & dans ce moment celui de mon cœur. Et cette ſcene, qui m'auroit à peine frappé du temps des *Ladys Trévers* & *Wilmore*, m'attendriſſoit juſqu'aux larmes, au ſouvenir de *Lydia*. Tant il eſt vrai, que tout ſe reſſent de la ſituation de l'ame, & que les plaiſirs purs ne ſouffrent point le mélange de la corruption !

Dès que la bonne femme eut ſatisfait à ſa tendreſſe, il fallut me parler de *Lydia.* Et c'eſt à ceux qui connoiſſent l'amour, à concevoir ce qu'étoit alors à mes yeux, combien je rapprochois de moi quelqu'un qui avoit eu l'honneur de loger, & de ſervir la ſouveraine de mon cœur.

C'eſt le caractere marqué, c'eſt le privilege connu de cette impérieuſe paſſion, d'annoblir tout ce qui a quelque rapport à ſon objet. Je ſavois que ſi la bonne femme eût appris quelque choſe de *Lydia*, elle m'en eût fait part dans l'inſtant même; cependant, je ne pus m'empêcher de l'interroger mille fois ſur ce point; & ſa réponſe, quoique toujours prévue, m'affligeoit ſans me ſurprendre.

Mais, la ſeule idée de me revoir dans le lieu même où j'avois vû pour la premiere fois cette *Lydia* que j'adorois, mêloit à mes regrets un ſentiment particulier dont la ſecrette & tendre impreſſion adouciſſoit leur amertume. Mille conſolantes images, autant de ſouvenirs flatteurs ſe retraçoient dans ma mémoire, & me faiſoient goûter tout le bonheur d'avoir repris ma paſſion pour elle. Tout ce qui m'entouroit, tous les objets où mon eſprit pouvoit trouver ou attacher quelque rapport avec ma *Lydia*, me devenoient intéreſſans, & la reproduiſoient à mon imagination. L'air même, me ſembloit avoir acquis une eſpece de vertu locale ; il étoit plus ſerain, & mes ſoupirs, adoucis par l'eſpoir de retrouver ma *Lydia*, ne ſervoient plus qu'à dilater délicieuſement mon cœur !

Je ne quittai, qu'avec regret, un lieu ſi cher à mon ſouvenir, & devenu ſi néceſſaire à mon bien-être. Mais j'y retournai plus d'une fois ; & tant que je reſtai dans la Province, il m'arriva ſouvent de m'échapper pour y aller chercher de tendres diſſipations.

Fin de la troiſieme Partie.

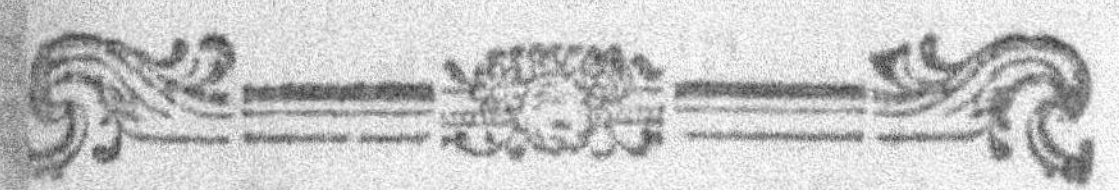

TABLE DES CHAPITRES

Contenus dans la troisieme Partie.

CHAPITRE V.

CHAPITRE VI.

LES TROIS DAMES.

CHAPITRE VII.

Fin de la Table.

www.ingramcontent.com/pod-product-compliance
Ingram Content Group UK Ltd.
Pitfield, Milton Keynes, MK11 3LW, UK
UKHW020312180726
13839UKWH00001B/450